入れ代わりのその果てに 7

登場人物紹介
アルフォート
ミシェイラの夫で、
サフラスタン帝国の第三皇子《おうじ》。
美形・優秀・清廉潔白と三拍子揃った
人物で、国民からの人気も高い。
ミシェイラ・ディリア・
リオール
リオール国第四王女。魔法により
立川由香子の精神が入っている。
サタレン地方の政治顧問を務める
傍ら、とある犯罪の捜査をしている。
立川由香子
異世界に召喚された
33歳独身OL。

ジュール
アルフォートの側近。冷静沈着な切れ者で、ミシェイラの作戦の陣頭指揮を執る。
アルノー
サフラスタン帝国の騎士。ミシェイラの作戦に協力し、実働部隊を率いている。
ベルナデット
サフラスタンの大公令嬢。生粋のお嬢様ながら政治に詳しく、リディアーヌの補佐役を任されている。
マクシミリアン
サフラスタン帝国の皇太子。弟のアルフォートとは何やら複雑な関係にあるらしく——?
リディアーヌ
皇太子妃。サタレン地方の初代総督として、政治の実権を巡りミシェイラと争っている。

プロローグ

お茶のカップからは芳醇《ほうじゅん》な香りが立ち上《のぼ》り、口に含めば爽《さわ》やかで深い味わいが広がる。

カップをソーサーにそっと戻すと、カチリという音が静かな空間に響いた。

芸術品のような美しい茶器、華美ではないが上品な佇《たたず》まいのテーブル、柔らかいながらも適度な弾力のあるソファ。室内の家具や備品はどれも格調高い品々ばかりだった。

そこに住まうのは、当然高貴な身分の御仁《ごじん》……ではなく、日本生まれ日本育ちの庶民——あたしこと立川由香子《たちかわゆかこ》だ。何かの間違いとしか思えないけど、本当である。

このありえない現状は、ここが異世界だからという信じがたい理由によるものだ。

そもそもなぜ異世界なんぞにいるのか。

それはリオール王国の亡き第四王女ミシェイラの身代わりとして、魔術と呼ばれる不可思議な力で召喚されたからだ。

以来、あたしは不本意ながら、亡くなったミシェイラのふりをして生活している。

本物と同様に毒殺されかけるわ、暗殺者に襲撃されるわ、ミシェイラの置き土産であるとんでもない悪評のせいで蔑《さげす》まれるわで、散々な目に遭ってきた。

極めつけは彼女の代わりに、嫁入りまでしてしまったのだ。生涯独身を貫こうと心に決めていたのに、人生とは何が起きるかわからないもんだ。

そんなわけで、現在あたしがいるこの場所は、嫁ぎ先であるサフラスタン帝国の第三皇子《おうじ》、アルフォートのお屋敷である。さすがは皇子様のお屋敷だけあって、周囲は高価な品々ばかりだ。

美術品への造詣《ぞうけい》が深ければ価値が理解できるんだろうけど、あたしには品《ひん》がいいなとか、高そうだなといった感想しか浮かばず、まさに豚に真珠。

最初はうっかり壊しそうで緊張していたけれど、今ではすっかり慣れてしまっている。こうして優雅にお茶をするのにも抵抗が無くなった。心も身体も疲れているあたしにとって、このひと時はまさに至福と言える。

いや〜本当に癒《い》やされるわ。

お妃様といえば、毎日のようにお茶会を開いてのんびり暮らしているイメージだった。でも現実はそんなに優雅な事ばかりじゃなく、公務だの何だので結構忙しい。

特に最近は重要な役職まで拝命してしまい、忙しさも責任の重さも倍増していた。

何と、あたしはサフラスタンに併合されたサタレン王国——改めサタレン地方政府の顧問《こもん》に任じられてしまったのだ。皇帝直々《じきじき》の任命で、とても辞退できなかった。

皇太子妃リディアーヌと大公令嬢ベルナデットも、それぞれ総督とその補佐に任命されている。何事にも一生懸命なベルナデットは役割を果たそうと奮起したけれど、あたしとリディアーヌはちっともやる気がなかった。

そんなあたし達の姿を見た皇帝は、とあるゲームを持ちかけてきた。

サタレン地方政府の主導権を巡って争うという、何とも恐ろしいゲームだ。

しかも勝敗によって、皇帝から褒美《ほうび》もしくはペナルティを受ける事になる。

もしリディアーヌが負けると、彼女は総督を解任され、更に皇太子妃としての権限の一部を剥奪《はくだつ》されてしまう。ベルナデットは負けてもペナルティはないが、リディアーヌを見事に補佐してみせれば、皇帝に前々からの願い事を叶えてもらえるという。

おかげでリディアーヌとベルナデットはガッチリと結託し、あたしは一人で彼女達に立ち向かわねばならなくなった。

まあ、それは別にいいんだ。そもそもゲームなんてする気はないから。

だってあたしが負けてもペナルティはないし、勝ったところで顧問から二代目総督へ昇進させられるだけ。そんなの、やる気が出るものですか。

あたしのやる気のなさを見抜いたのか、皇帝はリディアーヌ達への妨害工作を命じてきた。妨害の仕方については皇太子マクシミリアンが指示するので、あたしは彼の手足となって動けばよいという。

気が重いなと思っているうちに、さっそくマクシミリアンから指令があった。

内容は「議会に参加している大臣の半数を味方につけ、議会を掻き回せ」というもの。

大臣を味方につけるというのは抵抗があったため、とにかく議会を掻き回せば良いのだろうと考えたあたしは、最悪姫という悪評を利用して暴君のように振る舞う事にした。

するとタイミングの良い事に、アルフォートからとある犯罪の捜査に協力して欲しいと言われたので、その捜査に便乗しつつ暴君を演出しようと考えたのだ。

今日もその作戦――名づけて暴君大作戦のために必要な調べ物や勉強をしていたのだけど、これから人が訪ねてくるため、おもてなしの準備も兼ねてソファでゆったりさせてもらっている。

本音を言うと、相手にはちょっとくらい遅刻してもらえると嬉しいんだけどなぁ。

そんな事を思っていたら、優雅な癒《い》やしの時はあっけなく終わりを迎えた。

「妃殿下、仕立屋が参りました」

声をかけてきた侍女を見やり、あたしは返事をする。

「お通ししてください」

何となく時計を見ると、約束の時間ピッタリだった。

一　束の間の安らぎ

侍女に先導されて、二人の男女が部屋に入ってきた。一人は眼鏡をかけた神経質そうな男性で、それ以外はあまり特徴がない。

けれど、よく見れば決して派手ではないものの、とても上品な服を身にまとっている。その趣味の良さは、さすが商売で衣装を手がけているだけあるなと思わせた。

そんな彼の後ろには、お針子さん風の若い女性が控えている。

「お初にお目にかかります。仕立屋『エマール』でデザイナーを務めております、アドルフ・コメットと申します」

アドルフと名乗った男性は非常に真面目な性分らしく、世間話などは一切せず仕事の話に入った。

「制服ですか……もちろん仕立てる事は可能ですが、妃殿下にはあまり相応《ふさわ》しくないかと」

あたしが仕立ててもらいたいものを説明すると、アドルフはそう口にした。

最近あたしは、帝都にあるリオール学院で魔術の基礎講座を受講している。どうせなら他の生徒達と同じ制服で通おうと思い、仕立屋を呼んでもらったわけだ。

あたしが制服を着て何が悪いのか、さっぱり理解できない。だから理由を訊《たず》ねてみると、アドルフはすぐに答えてくれた。

「リオール学院の制服は、正規の学生のみが着用すべきものです。妃殿下は一部の講座を受講なさるだけの聴講生との事ですので、制服の着用は好ましくないでしょう」

なるほど、制服は正規の学生とそれ以外を見分ける目印であるわけか。

それならばアドルフの指摘通り、あたしが制服を着用するのは問題があるだろう。

しかし制服を着られないとなると困ってしまう。

「何か制服でなくてはならない理由がおありなのでしょうか？」

そのアドルフの問いかけに、あたしは正直に答えた。

「初めて学院に登校した日、わたくしは普段より質素なドレスを身に付けていきました。しかしながら、その質素なドレスでさえ、学院内ではあまりにも浮いておりましたの」

浮くだけならまだしも、他の生徒達から全く受け入れられていないようだった。楽天的なあたしでも、こりゃダメだと匙《さじ》を投げてしまうほど。

皇子妃という立場上、学生達と馴《な》れ合うのは好ましくない。あくまで勉強をするために通うのだから、受け入れてもらう必要はないってのも理解している。

だけど場所にはそれぞれ相応《ふさわ》しい衣装というものがある。調和を乱さないよう溶け込む努力も必要だ。それにはまず身なりから整えるべきだと思う。

まあね、同じ衣装をまとう事で親しみを感じてもらえれば、もしかしたら友人ができるかもしれないという下心もあるよ。

何せクラスメート達はあたしにとって、何の利害関係もない人間。その上、魔術関連の技術と知識を学んでいるとなれば、元の世界への帰還に協力してもらえるかもしれない。

彼等と少しでもお近づきになるための、とっかかりがこの制服作戦だ。しょぼい作戦かもしれないが、学生達の警戒心をほぐすためなら形振《なりふ》り構っていられない。

「確かにドレス姿で通うのでは、学院に溶け込むのは難しいでしょう。そういう事でしたら、学院に相応しい装いを新たに仕立ててはいかがでしょうか」

ドレスじゃない装いとは、つまり一般人が着るような服って事かな？　あまりイメージが湧かないけど……

「では、そのような方向でお願いできるかしら？」

「かしこまりました」

どのようなデザインにするつもりかはわからないが、彼なら任せても大丈夫そうだ。

もし他の仕立屋にお願いしていたら、きっと二つ返事で制服を仕立てただろう。そしてでき上がった制服を着たあたしは、他の生徒達から「何で聴講生が制服着てるんだ？」なんて陰口を叩かれていたかもしれない。

そんな恥ずかしい事態にならずに済んで、本当に助かった。エマールを選んだのは単なる偶然だけど、運が良かったわ。

話がまとまったところで、あたしはフィッティングルームに移動させられ、お針子の女性に身体のサイズを測られる。

これは何度やっても慣れない。せっかく魔術という素晴らしい技術が発達しているのだから、メジャーで測らずとも計測できる器具があればいいのに。

計測が終わって席に戻ったあたしは、アドルフから不思議なお願いをされた。

「一番気に入っているドレス、ですか？」

何でそんなものが必要なのかと、思わず聞き返してしまう。

「妃殿下がどういったデザインを好まれるのか、把握させていただきたいのです。例えば同じ型のスカートでも、アレンジ方法は色々あります。ふわりと膨らませるか、それともスッキリとしたシルエットにするかで印象は変わります。ですから可能な限り、ご希望に沿わせていただく所存です」

そのために気に入っているドレスを見せて欲しいと。なるほど、気に入っているドレスにはその人の好きな要素が多く含まれているものね。

「わかりましたわ」

あたしはどれがいいかなと考えながら、あまり足を踏み入れた事のない衣装部屋に向かった。

衣装部屋のドアを開けた瞬間、たくさんのドレスが視界に入ってくる。ここから好みのものを見繕《みつくろ》うとなると、かなり骨が折れそう……なんて事はない。

大半があたしの趣味じゃないから、せいぜい数点しか選択肢に入らないのだ。

好みのドレスをぱっぱっと抜き出し、侍女さん達に頼んでフィッティングルームへ運んでもらう。

そこに整然と並べられたのは、サフラスタンで仕立ててもらったいくつかの地味なドレスと、リオールから持ち込んだ夜会用のドレスだった。

さて、この中で一番好みなドレスは……と。

うん、深く考えなくてもやっぱりこれだね。

リオールからサフラスタンに嫁ぐ直前、壮行会代わりの夜会で身に付けたドレス。これを着ている時に暗殺されかけたと思うと苦々しい気持ちになるけれど、これ以上に好みのドレスは持っていない。

あたしは因縁のあるそのドレスを持って、アドルフの待つ部屋に戻った。

「お待たせいたしました」

「そちらのドレスですね。手に取らせていただいてもよろしいでしょうか？」

あたしが頷くと、アドルフは流行とかけ離れたそのドレスをじっくりと観察し始めた。持参した手帳に何やら書き込んだり、小さく頷いたりしている。

手持ち無沙汰になったあたしは、淹《い》れ直してもらったお茶を口に運ぶ。

しっかし、仕立屋を呼びつけて衣装を誂《あつら》えるのが当たり前とか、贅沢《ぜいたく》だよなぁ。さすがは大国の皇子のお妃様だ。

それ以前に王女様なんだから、当然だろうって？

いやいや、それは大きな間違い。

あたしが身代わりを務めているミシェイラという王女は、最悪姫という不名誉なあだ名を持つ底辺王女だ。その生国であるリオールは中立国の宗主とされているけど、国家の規模的には小国にすぎない。

国力も国家としての格も明らかにサフラスタン帝国の方が上であり、その皇子に嫁げるような身分では決してないのだ。

アルフォートがとんでもないろくでなしだというのならまだしも、残念さの欠片《かけら》もない出来過ぎ君である。

美形・優秀・清廉潔白《せいれんけっぱく》と三拍子揃ったアルフォートには、当然ながら数多《あまた》の国家から縁談が持ち込まれたという。

三兄弟の末っ子という立ち位置からも、確実に他国へ婿入りするものと思われていた。ちなみに彼の二番目の兄は他国に婿入りしている。

けれどサフラスタン帝国はアルフォートを婿に出さず、他国の王女をその伴侶《はんりょ》として迎え入れた。

詳しい事情は聞いていないけど、おそらく帝国は戦力の流出を嫌ったんじゃないかとあたしは踏んでいる。皇族は皆大きな魔力を持っており、生ける兵器とも呼ばれているのだ。

サフラスタン帝国は強大で豊かな国だからこそ、国家の安定と平和維持のために保持しておくべき戦力も大きいのだと思う。

加えて皇太子夫妻の間に子供が生まれなかった場合、アルフォートの子供に王位を継承させようと思っているのかもしれない。

しかし本来は国外に出るはずの人が国内に残るとなると、他国からの反発が大きくなるので、仕方なく悪名高いミシェイラを嫁にもらう事にした……のではないかと、あたしは勝手に想像している。そのくらいの事情でもなければ、ミシェイラを嫁にもらおうだなんて思わないはずだ。

その最悪姫の身代わりをさせられているあたしに言われちゃお仕舞いだろうけど、アルフォートって本当に貧乏くじ体質だなって思う。

言わば特大の貧乏くじであるあたしを、アルフォートが歓迎してくれるわけがない。だからサフラスタンでは肩身の狭い思いをする事になるだろうと、あたしは予想していた。

それなのに、蓋《ふた》を開けてみればリオールに滞在していた頃より待遇がよく、アルフォートもあたしを過保護なくらい大事にしてくれている。偽物でごめんなさいと罪悪感を抱いてしまうほど、居心地がよかったりするんだ。

そんな事をつらつらと考えていたあたしは、無意識のうちにフウッと吐息を漏らしていた。

「お疲れですか？」

侍女頭《がしら》のルーシーに声をかけられ、あたしは慌てて意識を現実に戻す。

疲れたと言えば心配されそうだし、下手すりゃ医者を呼ばれてしまう。

あたしはちょっと考えてから言い訳を口にした。

「いえ、このドレスを誂《あつら》えた頃の事を思い出しておりましたの」

目の前にあるドレスを言い訳に使うってのは悪くないだろう。

女性はお洒落《しゃれ》が好きだし、侍女達はあたしのドレスに興味津々《しんしん》なので、話題を提供したら乗ってくるような気がしたのだ。

仕立屋を呼んで欲しいとお願いした時も、彼女達は妙に嬉しそうというか、やたら張り切ってくれていた。ドレスを誂えるなんて王侯貴族ならごくごく当たり前の事なんだけど、今まであたしは自分から誂《あつら》えたいと言い出した事がないから、ようやく意識を変えてくれたかと思われたんじゃないかな。

じゃあ今までどうやってドレスを手に入れていたのかといえば、あたしが何も言わなくてもルーシーが仕立屋を呼んでくれていた。

というのも、あたしは華美なドレスは煩《わずら》わしくて好きじゃないので、つい手持ちの衣装を着回そうとしてしまう。だから、いつも同じドレスばかり着る事にならないように、ルーシーが気を配ってくれたのだ。

「妃殿下にとって、お懐かしい思い出のご衣装なのですね」

ルーシーはしんみりと口にする。

「懐かしいというより苦い思い出なのですけれど、これはわたくしの趣味に合わせて作ってもらった衣装なので、デザインはすごく気に入っているのです」

あたしはそう訂正した。

「では、サフラスタンにいらしてからお仕立てになられたご衣装は、お好みではないのでしょうか？」

「いいえ、そんな事はありません。ちゃんと希望通りに作っていただきましたから。好みの色合い、わたくしの好きなスッキリとしたシルエット、そして余分な飾りを極力排除してもらって……多少好みから外れている部分もありますけれど、まずまず満足していますのよ」

「では、本当にそういったご衣装がお好きなのですね」

しみじみとルーシーは言った。

もしかして、目立ちたくないからあえて地味にしているとでも思われていたのかなぁ。単に暗色系が好きなのと、フリルやリボンは子供っぽいイメージがあって嫌なのと、いかにもお姫様って感じのふんわりしたシルエットはどうにも受け付けないだけなんだけど。

なるべく好きなものを取り入れてもらい、逆に我慢できないものを排除した結果、いつも着ている野暮《やぼ》ったい地味ドレスができ上がったのだ。

主たる原因はあたしだけど、シンプルを上品に昇華できなかったデザイナーのセンスも大きな要因だと思っている。

だってリオールの王妃様は、こんなに素敵なドレスを作ってくれたんだもの。

そのリオール時代のドレスを見ながら、ルーシーが言う。

「このご衣装はサフラスタン人の私にとっては少々見慣れない感じもしますが、非常に上品で美しいご衣装だと思いますわ」

「そう言っていただけるとわたくしも嬉しいです」

なかなかの高評価に、あたしはニンマリしてしまう。

するとドレスを観察していたアドルフが会話に入ってきた。

「斬新でありながら気品のある逸品だと私も思います。妃殿下のセンスは素晴らしいです。惜しむらくは正装について保守的な考えを持った方々も多いので、妃殿下のセンスが受け入れられるまでには時間が必要でしょう」

そりゃあ、あたしの趣味である現代風のドレスがすぐに受け入れられるわけないよねぇ。

何せこの世界にも長い歴史があって、衣装のデザインだって伝統的に受け継がれてきたんだろうから。

「とはいえ、流行を取り入れるのも大切です。流行とは大多数の人々の賛意によって作られるもの。大勢が良いと感じれば、それが主流となるのです。ですが流行《はや》り廃《すた》りがあるというのは、それだけ人々の好みが移ろいやすい証左でもあります。一気に何もかも受け入れてもらうのは無茶ですが、妃殿下のお好みのエッセンスを流行の衣装に少しずつ取り入れていく事は可能でしょう。そういった方向性で仕立てさせていただくというのはいかがでしょうか？」

おっと、急に本題に戻ったぞ。

流行の衣装にあたしの趣味を取り入れるねぇ。何だかあんまり想像できないけど、きちんとあたしの好みを理解しようとしてくれてるみたいだし、お任せしてもいいんじゃないかな。

「それでお願いしますわ」

話がまとまると、アドルフから気に入っているポイントなどについていくつか質問され、その日の打ち合わせは終わる。後日デザイン画を持ってくると約束して、アドルフは帰っていった。

デザインのラフ画ができるまで一週間くらいはかかるかなぁ、なんてあたしは思っていた。けれど翌日には、アドルフがデザイン画を手に再び現れた。

ドレスでも制服でもない、学院用の衣装。あたしの趣味を取り入れつつ流行に乗っ取った衣装とは、一体どんなものだろう。

あたしはワクワクしながらデザイン画に目を通す。

アドルフが描いたその衣装は、確かにドレスではなかった。だけど一般人の着る服ともまた違う。

ブラウスの上にノースリーブワンピースを着てボレロを羽織ったものや、七分袖のふんわりとしたワンピースにブレザーっぽいのを羽織ったものや、柔らかそうなジャケットを羽織ったツーピース風のものなど、いくつかのパターンがある。

スカートの丈は全て共通していて、膝下十センチくらい。足元は大学や短大の卒業式で袴《はかま》と合わせる、あのブーツのようなものだった。そのせいか、どことなく明治時代の女学生さんみたいな雰囲気が漂《ただよ》っている。

色味はリオール学院の制服と同じで、深緑を基調としていた。

これなら周りから浮かずに済むに違いない。

ハッキリ言って、かなりあたし好みのデザインだった。……流行からは少し外れているけど。

「この中から選んでいただき、仕立てさせていただいてもよろしいでしょうか？」

「ええ。どれが良いかしら」

まずは七枚ものデザイン画の中から、着心地のよさそうなものを三枚ほど見繕《みつくろ》う。

さて、ここからはどうしよう。

どれもこれも素敵で目移りしてしまうなぁ。

三枚のデザイン画を前に悩んでいると、ルーシーに声をかけられた。

「その三つを全て仕立ててもらってはいかがでしょうか？」

「三つも仕立てるのですか？」

「学院に通われるのは一度ではありませんし、替えが必要となりますわ」

確かにいくらあたしでも、そう何度も同じ衣装を着回したりはしない。それを考えたら三枚とも作ってもらったっておかしくはないんだけど、ちょっと抵抗がある。

制服代わりとして作ってもらうものだから、何となく同じデザインのものを着続けるつもりでいたのだ。一つのデザインのものを、着替え用も含めて二、三枚作るつもりで……ん？　結局作る枚数は変わらないのか。

それならルーシーの言う通り、三枚とも仕立ててもらおうかな。

「では、そのようにしましょう」

「かしこまりました」

アドルフはあたしの言葉に快《こころよ》く頷いてくれた。

衣装のデザインが決まって、あたしは肩の荷が下りたような気分になる。

けれどアドルフは、すぐに別のデザイン画を差し出してきた。

「それでは夜会用のドレスですが……」

「夜会用のドレス？」

何のこっちゃと戸惑いながらも、それを受け取る。

そのあたしの疑問に、アドルフではなくルーシーが答えてくれた。

「近々、皇帝陛下主催の夜会が開かれますので、そのためのご衣装もアドルフ殿にお願いしようかと」

「夜会があるのですか？」

「はい。戦勝を祝う会でもありますので、妃殿下もご出席なさる事になりますわ」

そりゃあ、功労者であるアルフォートは出なきゃならないだろうし、そのパートナーとしてあたしも出席しなきゃならないだろう。

面倒だから持っているドレスで出るわと言わせないため、ルーシーはこの機会に便乗して先手を打ったのね。

道理であたしが制服を仕立てると言い出した時、ルーシー達が妙に嬉しそうにしていたわけだ。

やられたわ。

内心で白旗を揚げつつ、あたしはデザイン画に目を落とす。

「わぁ……」

そこには色取り取りの華やかなドレスが描かれていて、つい感嘆の声が漏れてしまった。

どれもこれもサフラスタンの流行をふんだんに取り入れつつ、あたしの好みがそこはかとなく組み込まれている。

なかなかに好ましいデザインではあるけれど、フリルやリボンがどっさりで、至るところにレースがあしらわれていた。

一言で言えば、とてつもなく派手だ。これを着るのかと思うと気後《きおく》れしてしまう。

あるドレスはもうちょいリボンが少なければといった感じだし、別のドレスは全体的にボリュームがありすぎて嫌だし、これまた別のドレスは色が好みじゃないし……と、どのドレスもあたしの中で妥協できない部分が目についた。

「いかがでしょうか？」

あたしが答えあぐねていたら、アドルフはどのドレスが好みかと訊《き》くのではなく、デザイン画の一枚一枚に対して細かく感想を求めてきた。こうしてくれると、あたしとしても率直な意見を言いやすい。

それを聞き終わると、あたしの気に入らない箇所を修正してまた持ってくると言って、アドルフは帰っていった。

二　最悪姫降臨

アドルフからデザイン画を見せてもらった翌々日。アルフォートの側近であり、暴君大作戦の陣頭指揮を執っているジュールから、サタレン地方での態勢が整ったとの連絡が届いた。

態勢が整ったとは、つまるところ帝都から陸路で向かったメンバーが現地に到着した事を意味している。

あたしやジュールのように大きな魔力を持った人間は、長距離を一瞬で移動できる魔法陣が使える。その陣を使用して、あたし達はサタレンと帝都を行き来しているのだ。

けれど王族や貴族でない一般人で魔力を持っている人は少ない。とはいえ魔力持ちの人間だけで作戦を遂行するのは無理なので、他の人達には陸路で移動してもらう事になっていた。

車も電車も飛行機もないこの世界では、徒歩か馬か馬車くらいしか移動手段がない。一番速いのが馬なので、何日もかけて騎馬で移動してもらったのだ。

予定よりも少し時間がかかったけれど、これで作戦が本格始動する。

そんなわけで、あたしもしばらくサタレンに泊まり込み、作戦を遂行する事となった。次に帝都に戻るのは、リオールの魔術師長グラントの授業がある三日後だ。

あたしは移動陣を使って意気揚々《ようよう》とサタレンへ向かった。

旧サタレン王国の城郭《じょうかく》に着き、移動陣の間を出ると、扉のすぐ傍《そば》に護衛の騎士が二人立っていた。

あたしは出迎えありがとうの意味を込めて目礼し——思わずギョッとする。

サフラスタン帝国軍の隊服をチンピラ風に着崩した男達。思わずどこの刺客だ！　と身構えてしまったのだけど、よく見れば見知った相手だった。

アルノーという生真面目な騎士と、彼の部下の一人だ。

彼等には今回の作戦に実動部隊として協力してもらっている。

暴君を演じて密かに事件を解決するという作戦の性格上、胡散臭《うさんくさ》い人達を手駒《てごま》にしているよう見せかける必要があった。

アルノー隊だとバレたら作戦を見破られる危険性が高いという理由もあり、彼等にはアウトローに変装してもらう事になったんだけど……

いや〜、見事に化けたねぇ。

騎士として鍛え上げられた肉体を持つ彼等が、いかにも素行の悪そうな風体をしているものだから、暴力的で危険な香りがプンプン漂《ただよ》い、迫力満点。すれ違う人々はあたし達を見るなり、ビクッとしている。

暴君を演じているあたしも同じようにビビられているのかなと、思わず遠い目になった。

ゲームの指示役である皇太子からは『議会を引っ掻き回してリディアーヌ達の邪魔をしろ』って言われているけど、他人の足を引っ張る真似なんてしたくない。せめて迷惑をかけるのなら、意味のある迷惑がよい。

そう思っていたところへ、『極秘の捜査に協力して欲しい』というアルフォートからの依頼が舞い込んだのだ。

何やらサフラスタンの帝都で商《あきな》いをしている商人が、サタレン地方のどこかに秘密の鉱脈を隠し持っているという。実にけしからん！

鉱脈という国家の財産を不当に所有するのは国家への裏切りであり、国家反逆罪に問われかねないほどの重大な犯罪行為だ。

それも、サタレンがまだ敵国であった頃からその鉱脈を使って利益を上げていたというので、なかなかに根性の据わった犯罪者だと言える。

今でこそサタレンとの商取引は合法であるものの、敵国であった頃はもちろん違法で、見つかれば投獄待ったなしである。

それだけではない。敵国時代はサタレンでは手に入らない物資をサタレンの人々に密売したり、更にはサタレンの権力者にサフラスタンの情報を流していた痕跡もある。

アルフォートはその商人について捜査をしているのだが、犯罪の主たる舞台はサタレン地方なので、サタレン地方政府において何の役職も持たない彼は証拠集めに難航していた。

皇太子の指令を受けたあたしは、この事件を利用する事を思いつく。そしてサタレン地方の顧問《こもん》として協力を申し出たってわけ。

犯罪捜査のお手伝いをしながら騒動を起こし、皇太子から出された議会を引っ掻き回せとの指令をクリアしようという作戦だ。

悪名高き最悪姫を降臨させれば、皇太子の指令通り周囲を混乱させられる上に、捜査のカムフラージュにもなるので一石二鳥！

とはいえ、あたしに犯罪捜査なんて務まらないから、そっち方面はアルフォートの側近であるジュールと、アルノー達に動いてもらう。人の耳目《じもく》を集めて煙《けむ》に巻くだけなら、あたしでも何とかなるでしょう。

もはや犯罪捜査が一番の目的で、皇太子の指令はついでというか、まあおまけのようなものだね。

ジュールが確保してくれている打ち合わせ用の会議室に入るなり、アルノーがあたしに詫びてきた。

「お待たせして申し訳ありません。きっと待ちくたびれた事でしょう」

待たせた？

ああ、陸路組の移動に時間がかかった事を言っているのか。

「いえ、帝都で済ませておかねばならない用事もありましたから、ちょうど良かったですわ」

通学用の服やドレスのデザイン決めをしなければならず、予想外に忙しかったので、彼等の到着が遅れてくれて助かったのは事実だ。

「寛大なお言葉、感謝します」

アルノーは彼らしく生真面目に答えた。

帝国騎士の衣装をチンピラ風に着崩しているが、生来の気質は変わっていない。見た目とのギャップが大きくて、何だか違和感があるなぁ。

何はともあれ、前回の話し合いからだいぶ時間が開いてしまったので、まずはお互いに状況を報告し合う事にした。

「捜査はある程度進み、地方政府内にいるサフラスタン商人への協力者をほぼ特定できました。残念ながら、証拠品はまだ得られておりませんが」

ジュールが真っ先に報告を上げる。

ちなみに彼もアルノーと同様に変装している。髪色を変えてメガネをかけただけなのに、随分印象が違って見えた。

「貴方でもまだ証拠を見つけられないのですか？」

意外だったので、思わず聞き返してしまった。

「このサタレンにおいて、ジュール殿には何の権限もありません。政府内の重要書類などを見るのは難しいかと」

アルノーの言う通りなんだけど、ジュールなら無理な事でもどうにかしてしまいそうな気がしていたのだ。

「そんな状況で、よく協力者を特定できましたわね」

あたしの言葉に、アルノーもまったくだとばかりに頷いてくれた。

「帝都にいる間におおよその目星はつけていました。大金を動かすにはどうしても書類が必要ですが、後ろ暗い事をしている者は正直に申告などできません。他者に支払ったものや他者から支払いを受けたものに関する書類は、その者達が提出する書類と突き合わせれば矛盾が生じます。ならばどうするか——政府内で働く者に協力を仰《あお》ぎ、提出された書類の数字を弄《いじ》ってもらえば万事解決します。つまり政府内にいて、件《くだん》のサフラスタン商人に関わる書類を処理した人間が怪しい。そこで我々は人がいない時間帯に政府内に潜《もぐ》り込み、操作した痕跡のある書類を探したのです」

「見つけられなかったのですか？」

「残念ながら」

ジュールは頷く。

「厳重に施錠されていて手出しできない場所がいくつかあります。おそらくそこにあるかと」

「では、そこを調べて証拠を押収すればいいのですね。人がいない時には施錠されていても、いる時なら開いているはずです」

つまり、居合わせた人達の目を別のものに向けさせればいいのだ。

大勢の耳目《じもく》を集めるような騒ぎでも起こせば——ね？

どうやらあたしと同じ事を考えているらしく、ジュールはニヤリと笑った。

「妃殿下のご協力に期待しております」

任せておきたまえ。素晴らしい暴君ぶりを見せて差し上げますとも！

鼻息を荒くするあたしの横で、アルノーが深刻そうに言う。

「……それは妃殿下が議会の方々の前だけでなく、他の者達の前でも暴君として振る舞うという事ですか？」

「ええ」

それがどうしたのかとアルノーを見やれば、彼はキッパリと異を唱えた。

「議会の外の人間達まで巻き込む必要はありません」

その冷静な指摘に対して、あたしはこう答えた。

「陛下の後ろ盾をいただくための条件として、サフラスタン側と元サタレン側の軋轢《あつれき》を解消するというものがあるのです。わたくしという共通の敵がいれば、対立している場合ではないと思って団結するでしょう。その状況を作るには、議会外の人達も巻き込む方が効果的です」

つい先日まで、サフラスタンとサタレンは敵国同士だった。戦争に負けたサタレンはサフラスタンの一地方になったけど、住民の意識はすぐには変わらない。

今のサタレン地方政府には元々サタレンに住んでいた人員と、サフラスタンの帝都から遣わされた人員が混在しており、サタレン派とサフラスタン派に分裂しかけているのだ。

ここで皇太子の指令を思い出して欲しい。

それは大臣の半分を味方につけ、議会を引っ掻き回せというものだった。あたしに議会を引っ掻き回させ、大臣等の間にある垣根を取っ払えば、派閥化を阻止できると考えたのだ。

皇帝は皇太子の指示よりも更に一歩踏み込んで、軋轢自体をどうにかしてみせろと言ってきた。それなら引っ掻き回す範囲を役人達にも広げるだけで、万事解決するじゃないか。

その事について、既にジュールとは話し合っている。

あたしの言葉を聞いたアルノーは、渋々納得してくれた。

「……わかりました。皇太子殿下のご指示も、その軋轢を憂慮《ゆうりょ》してのものだったのでしょうか」

「わたくしはそのように判断しています。マクシミリアン様のご指示は、大臣の半分をわたくしサイドに引き込み、リディアーヌ妃派とわたくし派に二分化させた上で、議会を引っ掻き回せというものです。リディアーヌ妃に政治の経験を積ませるためだけだとしたら、わざわざ議会を混乱させる必要はないでしょう？」

あたしが言うと、ジュールが補足してくれる。

「妃殿下が大臣を出身地に関わりなく味方につけられれば、地方政府の上層部における軋轢は小さくなります。上の者達がわだかまりなく付き合い始めたら、下の者達もそれに倣《なら》うはず。皇太子殿下はそれを狙っておられるのでしょう」

ジュールもこう言っているのだから、やっぱりあたしの推測は間違っていないのだろう。

「一旦まとまればお互いの人柄を知る事になるでしょうし、そう簡単に分裂はしませんわ」

人付き合いにおいて出身地というのは重要なファクターだけど、気が合う合わないはそれとは関係ない。出身地が同じでも合わない人は合わないし、逆に出身地が違っても合う人は合うもんね。

「とはいえ、前回の芝居から少し時間が開いてしまったので、そろそろインパクトが薄れているかもしれませんね」

あたしがそう言うと、ジュールが頷いた。

「妃殿下の悪ふざけだろうと考え、安穏《あんのん》と構えている者もおります」

それは好ましくない傾向だ。

あたしはドラマやアニメに出てくる悪役達の姿を思い浮かべた。

彼等は常に主人公達の動きをキャッチして、ことごとく邪魔していた。それって常日頃から悪巧《わるだく》みをしては、必要な情報を集めるべく奔走《ほんそう》しているからではないだろうか。

つまり本職の悪人は、悪事に対して勤勉な人間でないと務まらないのだと、あたしは今更ながら気付いてしまった。

過ぎてしまった事を悔やんでも始まらない。気を取り直して作戦へと意識を切り替える。

「さて、今後の演技方針はどうしましょうか。人々が油断しているとなれば、これまで以上のインパクトが必要ですわ」

その言葉にアルノーが反応する。

「あからさまな演技は逆に不信感を招きます。前回の妃殿下のご様子を見るに十分な演技でしたので、無理に強調する必要はありません」

「では演技の事は一旦脇に置いて、件《くだん》の犯罪についての捜査方針を決めましょう。政府外での捜査状況はどうなっていますか？」

「まだ目ぼしい成果は出ていませんが、人手がようやく揃いましたので、今後は急速に進むはずです。旧王都や周辺の村々の偵察も既に始まっていますから、成果は追々出てくるでしょう」

アルノーはサラリと口にした。

あたしは驚いて聞き返す。

「陸路で移動された方々が、もう活動なさっているのですか？」

その問いにアルノーは頷いた。

彼の部下達はチンピラを装って、この城郭《じょうかく》のふもとにある旧王都や周辺の村々の様子などを探る手はずになっていた。

こちらに到着したばかりの部下達をさっそく働かせているとは、アルノー意外に鬼だな。

一方、城郭内の捜査は先ほどジュールが言っていた通り、あまり進んでいないらしい。

協力したいのはやまやまだけど、捜査に関してあたしは完全に素人《しろうと》だから、何の役にも立たないだろう。

だから、せめて捜査に関わる情報を持っていそうな人間を、理不尽な言いがかりをつけて連行してみせるつもりだ。

さあターゲットはどいつだと気合十分に訊《き》くと、ジュールが答えてくれた。

「政府内で働いていて、我々の捜査に協力してくれそうな人員を選抜しました。妃殿下には、その人員に接触するためのきっかけ作りをお願いしたいのです」

「つまり、その人員をここへ連れ込めばいいわけですね。その役、引き受けましょう。……けれどその前に、わたくしの行動を妨《さまた》げる可能性が高い、リディアーヌ妃やベルナデット達の動きを封じておいた方がいいでしょうね」

いくら今のあたしに権力（皇帝の後ろ盾）があるとはいえ、ベルナデットや大臣達が黙って見ていてくれるとは思えない。

そっちの動きを封じてからじゃないと、安心して作戦を遂行できないだろう。

「でしたら、先に総督執務室へ行きましょう。政策の打ち合わせなどは主にそこで行われているので、関係者が大勢集まっています」

そのジュールの言葉に従い、さっそく総督執務室に突撃した。

城郭《じょうかく》内はいくつかの部署に分かれていて、大臣のデスクはそれぞれが担当する部署に置いてある。しかし、それだとトップ同士の打ち合わせなんかがしにくいため、総督執務室が大臣等の集合場所というかミーティングルームになっているらしい。

総督執務室は来客などをもてなすためにそこそこの広さがあるので、いつの間にかそうなっていたそうだ。

事務仕事が苦手そうなリディアーヌに書類の捌《さば》き方を手取り足取り指南しつつ、打ち合わせをしている場面を手本として見せるためでもあるのだろうとあたしは睨《にら》んでいる。

その総督執務室では、打ち合わせ用デスクを挟んで議論の真っ最中だった。

あたしが中に入った瞬間、うるさいくらいだった話し声がやみ、一斉に視線が向けられる。

戸惑いと拒絶が混じった空気を肌で感じた。

「ミシェイラ様、いかがなさいましたか？」

ベルナデットがそう訊《たず》ねてきた。

普段通りにこやかだが、あたしの背後に控えるジュールに鋭い視線を投げたのを、あたしは見逃さなかった。

とはいえ、それ以外は本当にいつも通りの彼女なので、まるで前回の刺々《とげとげ》しいやり取りがなかったかのように錯覚してしまう。

よもやあれを演技だと見破られているのではあるまいな？　とあたしは不安になった。

そんな内心の困惑は表に出さず、最悪姫らしくツンとして告げる。

「皆様の様子を見に来ましたの。ついでに都市開発計画の進捗状況を確認させていただくつもりですわ」

あたしの台詞《せりふ》を聞いて、スパディーニ元将軍が大きな紙を手に近づいてきた。

「簡単な計画書は完成しました。次回の会議でご覧いただく予定でしたが、お時間があるのでしたら見ていってください」

思わぬ言葉に、あたしは演技を忘れて目を見張った。

都市計画を裏付けるための情報を集めるのにヒーヒー言ってるとばかり思っていたのに、まさかもう完成しているとは、どうやら彼等の力をナメすぎていたようだ。

「さすがは音に聞こえた優秀な皆様。仕事がお早いですわね」

彼等に余裕を持たせるわけにはいかない。下手に余裕を持たせたら、あたしの素人《しろうと》演技を見破られてしまうかもしれないのだ。

さてお次はどうやって振り回してやろうかと考えつつ、あたしは紙を受け取る。

「では、今は別件の打ち合わせ中なのですか？」

そう訊《き》くと、ベルナデットが答えてくれた。

「ええ。今後、サタレン復興のために街道の整備やインフラ設備の補修といった公共事業が増えていきますでしょう？　それらに関わる業者の選定方法や、人員の集め方について話しておりましたの」

「そうですか。納得いくまでしっかり話し合って決めてください。さて、こちらを拝見させていただきますね」

そう言って、あたしは紙をバサッと広げる。

紙面の上半分は簡素な図面となっており、建物や道路の配置が描き込まれている。建物の名称もきちんと記述されているので、どこに何を作るつもりなのかが一目瞭然《いちもくりょうぜん》だった。

下半分には必要となる予算が書かれており、何にどれくらいお金を使う予定なのかがすぐに把握できる。

でもこんなペラ一枚の書類では、概要は把握できても詳細は全くわからない。

「より詳細な書類も見せてくださらない？」

誰にともなくお願いしたら、一人の大臣から困惑気味な声が返ってきた。

「計画書は今のところそれだけです」

何を言われたのか、一瞬理解できなかった。

「今、何と？」

「それ以外にはありませんと申し上げました」

あたしはもう一度紙面に視線を落とす。

それぞれの建物が一棟いくらかという事しか書かれていない。何度見直しても、それ以上の情報はない。

「では、この見積もり金額の根拠は何ですか？　どのように算出したのですか？」

その問いにはベルナデットが答えた。

「おおよそこの程度かかるという概算ですわ」

「いくら概算とはいえ根拠もなしに書けば、それはただの妄想や願望と同じです」

これはあたしの持論でもある。

文句があるなら、もっとマシな書類を持ってこい！

「都市開発としかお伺いしていないのですから、詳細な計画など立てようがありません。たたき台を準備し、妃殿下のご意見を伺ってから詳細を詰めるべきと考えました」

名前は忘れたが、大臣の一人がそう発言した。

なるほど。きちんと全貌《ぜんぼう》を伝えなかったこちらの落ち度だと言いたいわけか。

もっともな主張である……暴君相手でなければね！

「過去の都市開発の費用を元に、現在の物価や人件費を勘案して割り出す事はできるはずです。こうして必要な施設のピックアップがなされ、その大きさや配置も決まっているのであれば、路面や浄化排水設備などの予算もある程度は割り出せますわよね？」

そこで一旦言葉を切ってぐるりと周りを見渡し、一人一人の顔をしっかり眺める。

「それとも、どうせ廃案になるだろうから形だけ整えればよいとでもお考えなのかしら。言っておきますが、この開発事業はよほどのアクシデントがなければ間違いなく実施されます。その時に、こんなふざけた計画書を元に街を作るおつもりですか？　いくら素人《しろうと》のわたくしでも、この計画がどうしようもない代物だというのは一目でわかりますわ。様々な役場や施設が無秩序に配置されていて、非常に利便性が悪い。一体どういった理由でこんな配置にしたのですか？」

あたしが誰ともなしに訊《き》けば、沈黙が返ってきた。

「まったく、話になりませんわ」

手にした紙を机の上にバサリと放り出しながら言う。

「相手がわたくしなら、こんないい加減な計画書でも誤魔化《ごまか》せるとお思いなのでしょうね」

わざと嫌味ったらしい言い方をすると、ベルナデットが反論してきた。

「確かに手抜きである事は認めますが、ミシェイラ様を軽んじたわけではありません。今回の開発計画はどう考えても現実的とは思えず、いずれ撤回されるものとわたくし共は認識しております。ですから形のみ整え、様子を見ようという事になりました」

他の面々もそれに同意している。

次いでスパディーニ元将軍が口を開いた。

「妃殿下にどのようなお考えがあってご指示なさったのかは存じ上げませんが、たとえ都市を建造したとしても、すぐに人が集まるわけではありません」

「サタレンの発展にも復興にも直結しないとおっしゃるのですね。確かにその通りでしょう」

何もないところに街を作ったって、ゴーストタウンになるだけだ。あたしだってそんなの重々承知している。

けれど、この近くには鉱脈があるはずなのだ。それが見つかれば採掘のための人員が集まり、彼等が暮らす都市が必要になる。

でもまだそれを知らせるわけにはいかないので、馬鹿王女の無茶振りだと思わせねばならない。

「現実的ではないから何だとおっしゃるのですか？　わたくしは都市を作れと命じ、皇帝陛下も承認してくださいました。貴方達がすべきなのはそれに従う事であり、計画の可否を問う事ではありません」

道理も理屈もない。ただ従えと、あたしは暴君らしく言い放った。

言われた側はこの一言にだいぶ気分を害したようで、困惑や拒絶といった雰囲気から、敵意に満ちた雰囲気へと変わっていくのが肌で感じられる。

「ミシェイラ様らしくないおっしゃりようですわ。そこの秘書官に騙《だま》されているのではありませんか？」

そうか、ベルナデットはあたしがジュール扮《ふん》する秘書官に操られていると思っていたから、あんな刺々《とげとげ》しい眼差しを彼に向けていたのね。

「優秀な人材なので帝都から連れてきましたが、彼は今回の開発計画には関係ありません。皆様のお考えはよくわかりましたが、わたくしは撤回する意思はありませんわ。それよりも、このような無駄話をしている暇があるのですか？　言っておきますが、最初に申し渡した期限を延ばす気はありませんよ」

元々、期限はかなりタイトだった。

もし計画を一から立て直すとすれば、たった数日とはいえ、このロスはかなりの痛手じゃなかろうか。

「もちろん、このような何の根拠もない数字ではなく、きちんと裏付けのある数字をしっかり載せてもらいます。できればすぐに土地の造成や建物の設計に入っても大丈夫なレベルのものを希望しますわ」

「そのレベルを要求されては、到底期限に間に合いません！」

ベルナデットがすぐに抗議した。

厳しいとは思うがどうにか間に合うだろうとジュールは言っていた。まずはスケジュールをきっちり立てれば、無理か無理じゃないかを判断できるだろう。

「計画を立て直すにはどのような作業が必要で、それぞれ何日くらいかかるか把握した上での発言ですか？」

これには、もちろんとの答えが返ってきた。

大臣等はあれに何日、これに何日と、ぽんぽん挙げていく。

うーん、聞いているだけでは全く把握できない。

そこであたしは壁際にある黒板もどきに歩み寄り、それらを書き出してみた。全てを一つずつ実行すれば、日数的には確かにオーバーしてしまう。

しかし、よく考えて欲しい。

何も全てを順番に実行する必要はない。並列に動けるものだってあるはずだ。

あたしは書き出した作業項目の隣に進捗管理表――いわゆるガントチャートを書いていく。

今日から期日までの日付を横並びに書いて、日付と日付の間に縦線を引く。更に縦並びに書いた項目と項目の間に横線を引くと、升目《ますめ》状になった表が完成した。

そして各作業を行う日に印をつけていく。

並行して作業できそうなものはスケジュールが重なるようにしたけど、それでもまだ少し日数オーバーしていた。

「この作業には、三日もかかりませんわよね？」

あたしは時間短縮できそうな作業について色々と質問し、チャートに微調整を加えていく。ちょうど良い事に暴君演技中なので、大臣達が多少難色を示したところも強引に押し通した。

その甲斐《かい》あって、どうにか全ての作業が期限内に収まってくれた。

しっかりスケジュールを見直せば十分可能な範囲じゃないか。まったく、簡単にできないとか言って欲しくないわ。

「このようにきちんとスケジュールを組めば、決して不可能ではないはずです。各項目をこの通りに消化して、期限までにわたくしに見せてくださいませ」

唖然としている彼等にそう申し渡して、あたしは颯爽《さっそう》と退場した。

廊下に出ると、途端に気が抜けた。

あの暴言に近い叱責《しっせき》は、半《なか》ば本気だった。あんなふざけた書類を目にして、黙っていられるものですか。

無理難題を押しつけて、心が痛まないわけじゃない。その反面、人を強制的に言いなりにさせるのはなかなかに快感でもある。気を付けないと癖になってしまうかも。モラハラ・パワハラ、ダメ絶対！　を肝に銘じとかなきゃね。

そんな事を考えつつ、あたしは先ほどの会議室に戻った。

「先ほどはヒヤヒヤしましたわね。つい演技を忘れて素《す》で叱ってしまいましたわ」

あたしが苦笑しながら言うと、ジュールは淡々と返してきた。

「どの辺りが妃殿下の本来のお姿であったのか、詳しくお聞きしたいところではありますが……私は全く心配せずに拝見しておりましたよ」

「ジュール殿のおっしゃる通りです。見事な演技でした」

ジュールとアルノーはそう言うが、ちょっと待って欲しい。

あたしは素のつもりだったのに、見事な演技だと褒められるって……あたしは演技なんかしなくても十分暴君らしいって事？

「誰もぐうの音《ね》も出ない正論、そして容赦のない期限厳守のご命令。素晴らしい暴君ぶりです」

普通だよ、あれくらい！

期限厳守のためにスケジュールを組み直させたり、叱咤激励《しったげきれい》して馬車馬のごとく働かせたり、そういった事は日本の企業じゃ当たり前にある。なのに、あれくらいで暴君だと言われるなんて……！

もしや、あたしが元いた職場ってブラック企業だったりする？　既に社畜根性がしみついちゃってたりするの⁉

「多少強引に決めさせてはもらいましたけど、スケジュール管理は仕事をする上で当たり前の事ですわ」

「妃殿下のスケジュール管理の方法は斬新で、我々もぜひ活用させていただきたい内容でしたが、日数が非常にシビアで彼等が気の毒になりました。ですが、根拠をもってできると言われれば、否《いな》とは言えない。さすがです」

それは心からの褒め言葉に聞こえた。ジュールからこんなに褒められたのは初めてだ。

鬼畜っぷりを褒められても、全く嬉しくないけど。

「演技の事はさておき、次は一人目のターゲットをどうやって獲得するか、それについて決めましょう」

ジュールがそう言って書類を配った。

あたしも意識を切り替えて、渡された書類に目を落とす。

「ターゲット……つまり捜査に協力してくれそうな方の調査書類ですか？」

「ええ。彼をどうやって味方につけるか、その策を検討するのに必要かと思いまして」

書類にはターゲットの現在の仕事内容や能力について、事細かに書かれている。後ろにはその人物の所属する部署が最近提出した各種書類も添付《てんぷ》されていた。

ふむふむ、こういう仕事をやっているんだ……

まずはこの人をこの会議室まで引っ張り込む事が必要だ。

ちょっと来てくれない？　と普通に呼び出すのもありだけど、それでは芸がない。何より、そのターゲットを使って何を企《たくら》んでいるんだと思われるのはよろしくない。

ここは周囲に暴君イメージを植えつけつつ、自然に連れ込むべきだろう。

何かヒントはないかと思いながら書類を読み込んでいると、気になる記述が目に留まった。

……これって使えるんじゃないか？

「こちらを見てくださる？」

あたしは気になった箇所を二人に示した。

「完全に横領ですわよね？　あからさますぎて、逆に感心してしまいますわ」

本当に単純な横領。専門家じゃなくたっておかしいと気付くレベルのものだ。

まずペーパーカンパニーを作って、そこから文房具類などを購入している。いずれも事務仕事で大量に消費されて、かつ資産管理のための棚卸《たなおろし》などもしないような物品ばかりだった。

領収書はもちろんあるけれど、書類作成者と領収書発行者の筆跡が同じ。それどころか書類作成者の名前がディディエ・ショモンで、ペーパーカンパニーの会社名はショモン商社ときたもんだ。

何でこれでバレないと思うのってレベル。せめて実在の企業を騙《かた》るとか、その企業の経理担当者を買収して、本物の領収書を発行してもらうとか、その程度の工作くらいしておくべきではないのか。

「ディディエ・ショモンとは、どういった人物なのですか？」

あたしでも気付く程度の横領に、ジュールが気付かないはずはない。ショモンという人物の調査は既に終わっているはずだと考え、あたしはそう訊《たず》ねた。

「帝都から派遣されている人員の一人で、ターゲットの直属の上司です。帝都とは違い、こちらではまだチェック態勢が整っておりませんので、不正をしても見つからないと踏んだのでしょう」

「もしや、この書類をチェックするのはリディアーヌ妃だけなのですか？」

「はい、嘆かわしい事ですが。総督であるリディアーヌ妃殿下のサインが入れば、帝都へ回されても監査にかけられる事なく処理され、購入金額がショモンに支払われていた事でしょう」

「貴方が不正に気付いていなければ……ですわね。もしサタレン側職員が不正に気付いて告発すれば、サフラスタン側職員の信用が失墜《しっつい》します。ですから手本となるべく遣わされた者の不正は、同じく遣わされたメンバーによって明らかにされるべきです」

「その通りです。いかがいたしますか？」

いかがするだって？　そんなの、今はターゲットをここに連れ込む口実を探しているところなんだから、選択肢なんて一つしかないじゃないか。

「決まっていますでしょう？　ターゲットの気を引くための、きっかけになってもらいますわ」

実際は気を引くだなんて可愛らしい表現とはかけ離れた手段を取る予定だ。けれど、可愛らしく秋波《しゅうは》を送るのも、嫌がらせをして不快感を与えるのも、相手の意識をこちらに向けさせる手段である事に変わりはない。

「ショモンが提出した書類は他にもありますか？」

「こちらです」

ジュールが脇に用意してあったそれを渡してくれた。

あたしはパラパラとめくって目当てのものを見つけるなり、にっこりとほほ笑む。

「では、さっそく参りましょう」

ターゲットのもとへ……ではなく、その上司である横領犯のもとへ。


その部署――土木局はサフラスタンから派遣された人員とサタレンで雇われた人員が入り交じった、雑多な雰囲気のある部署だった。

復興真っ只中にあるサタレンにとっては重要な部署の一つで、静かながらどこか慌ただしい空気が漂《ただよ》っている。

「こ、このようなむさくるしいところへ、どういったご用件でしょうか？」

応対に出てきた新人と思《おぼ》しき青年は、ビクビクと怯《おび》えた様子を見せている。

いかにも高そうなドレスを着た女が護衛を引き連れてやってきたら、どこのお偉いさんだと怖気《おじけ》づくのも無理はない。

あたしは胸を張り、顎《あご》を反らして、高圧的な感じを出しながら告げた。

「ショモンを出しなさい」

挨拶《あいさつ》もなしにえらく尊大な発言だが、今は暴君を演じているため仕方がない。

内心、威圧してごめんねと詫びつつ、部屋の中を睥睨《へいげい》した。

いきなり名指しで呼びつけられた横領犯は、飛び上がるようにして立ち上がった。

この部署の最高責任者らしく、一番奥にある机に腰かけていた彼は、小走りでこちらへやってくる。その顔は面白いほど青ざめていた。

「わ、私がショモンです。どういったご用件でしょうか」

あたしはその問いには答えず、ジロリと睨《にら》みつける。

「奥の席に座っていたようですけれど、まさか貴方がここの長だなんておっしゃいませんわよね？」

もちろん、彼が長だと知った上での質問だ。

「いえ、私がここの長ですが……」

「冗談でしょう？」

「ま、間違いありません……」

あんなあからさまな横領をしておきながら、かなり気が小さい人間のようで、ブルブルと小刻みに震えている。

何だか虐《いじ》めているみたいで、さすがに気が咎《とが》めた。

でも気が咎めるからといって、ここで手心を加えてやるわけにはいかない。

「長という地位についていながら、こんな単純な間違いをしたと？」

あたしは手にしていた書類の一枚を横領犯の目の前に掲《かか》げる。

「ま、間違い？」

彼は困惑して首を傾げた。本当にわからないといった感じなので、あたしは内心で同情してしまう。だってこれからあたしが告げるのは、完全なる言いがかりなのだ。

「ここをご覧なさい」

蔑《さげす》むような視線を彼に向けつつ、書類のとある一点を指差した。

横領犯は愕然《がくぜん》としてうめく。

「あ……ああ!?」

あたしが指摘したのは、単純なスペルミスだ。そんな誰でもやりそうなミスを、あたかも重罪であるかのように糾弾《きゅうだん》している。これを言いがかりと言わずして何と言う。

「たかがそんな事を……」と、横領犯は呟《つぶや》いた。

「たかがですって？　これは公式書類ですのよ。こんな初歩的なミスすら見逃すとは、どういう事ですか！　しかも長という立場にありながら！」

「いや、その……」

横領犯はしどろもどろになって弁明しようとしたが、あたしはひと睨みで黙らせ、手にしていた書類を床にぶちまける。

ついでとばかりにそれをヒールで踏みにじりながら、傲然《ごうぜん》と言い放った。

「貴方がこれまでに提出した全ての書類です。全部やり直しなさい！」

踏みにじられた書類は滅茶苦茶だし、中には破れてしまったものもある。

「ただの誤記で、そこまでするなんて……」

横領犯は呆然と呟いた。

部署の面々は、あたし達のやり取りを息を潜《ひそ》めて見ている。言いがかりをつけられている横領犯に深く同情し、あたしの無茶苦茶な言動に内心憤《いきどお》っている事だろう。

「たかだか文官の分際で、わたくしに異を唱えるのですか？　この無礼者！　この反逆者を連れていきなさい！」

護衛の一部がアルノーの指示に従い、横領犯を手際よく取り押さえる。

不真面目そうなチンピラを演じていた面々が、急に規律ある行動を見せつけてくれたものだから、あたしは少しヒヤリとしてしまった。

しかし幸いな事に、周りはこの突然の暴挙に気を取られていて、アルノー隊の見かけと行動のちぐはぐさに全く気付いていない。

「申し訳ございません。お許しください！」

必死に言い募《つの》る横領犯を、護衛達は部屋の外へと引きずっていく。

それを見送りながら、あたしはわざとらしく鼻を鳴らした。

「貴方達もああなりたくなければ、わたくしに逆らわない事ね。……副官はこのゴミを持って、わたくしの執務室へ来なさい」

それだけ言い置いて、あたしは執務室（実態は勝手に占拠している会議室）へ戻った。

ほどなくして、土木局の副官――イポリート・グランデが、無残な状態になった書類を手にやってきた。

そう、この副官こそが今回のターゲットだ。

彼はあれだけの暴君ぶりを見せつけられながらも、怯《おび》えた様子は少しも見せていない。それどころかあたしの目を真っ直ぐ見据えていて、なかなか度胸がある事が窺《うかが》えた。

さすがジュールが推薦するだけはある。

あたしは演技をやめて、副官に普段通りの笑みを向けた。

「よく来てくれました」

「いえ」

彼は淡々と返してくる。

「わたくしに何か言う事がありますか？」

「ございません」

感情は窺えないものの、何か思うところがありそうだ。

とはいえ、先ほどのやり取りを見て思うところがないはずもないので、あえて深く問い詰める事はしなかった。

「その書類をこちらに下さる？」

グシャグシャになった書類をあたしは受け取った。

書類の束から一枚の紙を取り出して、副官の目の前にかざす。

「これが何かおわかり？」

この問いにも、副官は淡々と答えた。

「横領ですね。長官を連行したのは、これが理由ですか」

「ええ」

「それを私に見せて、どうしようとおっしゃるのですか？　私に長官を告発せよとでもおっしゃるのですか？」

察しの良い彼の問いに、あたしはその通りと頷く。

すると、ジュールがあたしの代わりに説明してくれた。

「これを告発するのは、我々でもサタレン側の人間でもいけない。あくまでも彼と同じ、帝国からの派遣組でなければならないのです。今回のミスを機に、まずはチェック機構を組織するよう妃殿下が貴方に命じます。貴方はそのチェック機構を組織しつつ、勤務中に偶然これを見つけて長官を告発する。そしてチェック機構はそのまま監査機構に変わると、そういう筋書きです」

「そのようなまどろっこしい手順を踏まずとも、直接ご指示なされればよいでしょうに」

副官の言葉は至極もっともだ。だが――

「暴君らしからぬ理性的な指示になってしまうので、それはできません」

このあたしの発言をジュールが咎《とが》めた。

「妃殿下！」

「彼にはぜひとも協力していただきたいと考えています。そのためには誠意を見せねばなりません。そうでしょう？」

ジュールとしては暴君大作戦の事は伏せておきたかったのだろうけど、あたしは仲間にしたいと思う相手には、こちらの本気度や誠意を見せたい。

それでダメだった場合は、残念だけどこの作戦が終わるまでどこかで強制的に療養（という名の軟禁生活）に入ってもらう事になるけれど。

「ここでの会話は、当面の間は他言無用です」

「……承知いたしました」

副官は何かを察したらしく、渋々ながらもそう答えた。

「もうお気付きでしょうが、わたくしは暴君の演技をしております。今回の横領よりも重大な犯罪の証拠を見つけるため、捜査の動きを悟られないよう被疑者の目を逸《そ》らしているのです。……ここまではよろしい？」

その問いかけに副官は頷いた。

「守秘義務は、その捜査が終わるまでとの認識でよろしいですか？」

「貴方がこれから行う仕事にまつわる守秘義務については、そう思っていただいて結構です。暴君の演技については、貴方の判断にお任せしましょう」

あたしに続いてジュールが釘を刺した。

「全てが終わった後でも、事実をゆがめて流布《るふ》したりすれば、最悪の場合は反逆罪が適用される。くれぐれも覚悟しておくように」

「承知いたしました。ただ、全てが終わった後で妃殿下方との関係を訊《き》かれた場合、隠し続けるのは難しいかと」

「その辺は貴殿の良識に任せますよ」

ジュールの返答に副官は頷いた。

「他に何か質問はありますか？」

ジュールが確認すると、副官は言いにくそうに口を開く。

「いくら犯罪捜査のためとはいえ、わざわざ妃殿下のご評判に傷をつけるような真似をなさらなくとも、よろしかったのではありませんか？」

「これが一番手っ取り早く、効果的なのです」

「しかし……」

なおも続けようとした副官は、ジュールから険しい眼差しを向けられ、言葉を呑み込んだ。

代わりに、別の内容を口にする。

「このような大事な事を私なんかに話してしまって、よろしかったのですか？」

「貴方はとても優秀で口が堅く、信用できる方だと聞いていますわ」

あたしの返答に、副官は戸惑いの色を浮かべた。

するとジュールが言う。

「貴方はサタレンへの派遣人事をどう認識していますか？」

「厄介払いです」

副官はキッパリ言い切った。

「なぜそう思うのです？」

「ここへ派遣された者の大半は身分が低く、上司から疎《うと》まれているタイプばかりです」

それを聞いたあたしは、つい小さく笑ってしまった。彼の調査書を読んだから、それが全くの見当違いだと知っているのだ。

ジュールは咎《とが》めるようにあたしを見やり、再び口を開いた。

「左遷《させん》ならば派遣などではなく、正式に地方政府に転籍させます。そうしなかったのは左遷などではなく、あくまでも派遣だからです。帝都と違い、ここには身分が低いからといって貴方達の足を引っ張るような能無しはいない。ですから立派な実績を築いて、堂々と帝都へ戻ると良いでしょう。それとも優秀な能力を持っていながら、能無し共の下で飼い殺しにされ続ける方がよかったですか？」

「まさか……」

信じられないといった様子の副官に、ジュールは言った。

「貴方達が動きやすいよう、上官達は毒にも薬にもならない者ばかりが取り揃えられているはずです。中には監視の目がなくなった途端、いきなり犯罪に走る愚か者も紛《まぎ》れていたようですが」

副官が本当かとばかりに目を向けてきたので、あたしは大きく頷いた。

「ここで存分に力を示し、サタレンの人達だけでやっていけるように彼等を育てなさい。そして帝都へ戻り、のし上がるのです。手始めに、わたくしにこき使われているふりをして不正調査だとか、監査組織の編成だとかをしてしまうと良いでしょう。わたくしには陛下の後ろ盾がありますから、多少の無茶も通りますわ」

「もし妃殿下のお話を引き受けなければ、どうなりますか？」

そう言いつつも、何となく彼は答えをわかっていそうだ。

「捜査が終わるまで休暇を与え、余人との接触を絶たせてもらいます。期間はせいぜい一ヶ月ですから安心してください」

あたしがそう言うと、ジュールが微《かす》かに顔をしかめた。

副官も呆れたようにあたしを見てくる。

「もっと脅《おど》すなり命令するなりなさればよいでしょうに……」

彼の気持ちもわからなくはない。あたしにはそうするだけの権力があるのだから。

「先ほども言いましたが、わたくしは貴方に誠意を見せたいのです。人から協力を得ようと思うのならば、相応の誠意を示すべきと考えていますわ」

今はこちらの手札を開示して相手に選択を委《ゆだ》ねるくらいしか、誠意を示す方法がない。出世を約束できるほどの権力はないし、仕事上の便宜をはかるだけのツテもないし。あたしの持っている武器は存外に少ないのだ。

あたしの言葉を聞いて、副官はふっと小さく笑った。

「一ヶ月の休暇も大変魅力的ですが、妃殿下方にお付き合いするのも悪くなさそうですので、微力ながら協力させていただきます。しかし解《げ》せませんね。私が妃殿下を欺《あざむ》いて、誰かに情報を売るかもしれないとはお考えにならなかったのですか？」

何を言い出すのかと思えば、もっと慎重にやれと注意してくれているわけか。

彼は優秀なだけでなく、かなりお人好しなようだ。

「いいえ、わたくしは信用しておりますから」

「信用とは、会ったばかりの私をですか？　それともご自身の人を見抜く目をですか？」

「わたくしが信じるのは貴方を推薦したジュール殿と、貴方をサタレンに派遣すると決めた人事担当者です」

あたしはキッパリと言い切った。

「人事担当者が貴方達をサタレンに派遣したのは、厄介払いとは違います。しかるべき成果を上げて昇進させるための、いわば修業扱いなのでしょう。つまり貴方達は、将来を期待される優秀な人間だという事です。しかし、上司におもねったり人脈を駆使したりしてまで成り上がろうとするほどの野心はなく、どちらかといえば己《おのれ》の信念を曲げられない不器用な人達と見受けられます。それにジュール殿が、人の誠意を踏みにじるような性根の腐った輩《やから》を推薦するなどありえません。権力に屈しない克己心《こっきしん》のある者、四角四面とならず柔軟性を持って物事に当たる事のできる者を選び出してくれているはずですわ」

これは本心からの言葉だった。

あたしを含めてごく普通の人――気が弱かったり、流されやすかったり、単純だったり、素直だったりする人は、罠にハメたり意表を突いたり、そういう小細工に面白いくらい引っかかってくれる。そして後からフォローを入れればちゃんと許してくれるのだ。

だけど、例えば癖のある厄介者を脅したら、逆効果になりかねない（実父がそんな感じだ）。

猪突猛進《ちょとつもうしん》系の人に物事を婉曲《えんきょく》に伝えようとしたら、盛大に勘違いしかねない（実母がそんな感じだ）。

そして天邪鬼《あまのじゃく》で思った通りに動いてくれない人は、それこそこちらがするなと言った事をしかねない（亡くなった親友がそんな感じだ）。

そんな相手に一番有効なのは誠意なのだと、あたしは経験から知っている。

「妃殿下は人を口説《くど》くのが上手くていらっしゃる。人タラシとの噂は聞いていましたが、その真髄《しんずい》を見た気がします」

副官が唐突に、あたしにとってはものすごく不本意な発言をした。

「わたくしは誰かを誑《たぶら》かした事などありませんわ」

信じているのは副官ではなく、帝国の人事担当者とジュールだとあたしは断言した。つまり副官自身は信じていないと言い放ったも同然だ。それどころか、優秀だけど不器用だろうと決めつけた。それなのに人タラシと褒められる（？）なんて、不思議を通り越して気味が悪い。

「妃殿下、信頼というのは心地よいものですよ。思わず応えたいと思ってしまう程度には」

ジュールはそう言うけれど、あたしにはサッパリだ。

「信頼と言われても、わたくしは彼を信じたなどと一言も口にしていませんよ？」

「いえ、おっしゃっていましたよ。そこにいる補佐官の方や、帝国の人事担当者が私の能力を信じ、期待してくれているのだと」

副官がそう説明してくれたが、やはり納得はできない。

「それは、わたくしとは関係ないのではありませんか？」

「いいえ。私の前に餌《えさ》をぶら下げてやる気にさせるのみならず、自信までつけてくださるのですから、思わず心を動かされ、妃殿下の下で働きたくなりました」

あの程度の評価で喜ぶなんて、今までどれだけ嫌な上司の下についてきたんだか。

「これまで随分と仕え甲斐《がい》のない上司のもとでばかり働いていらしたのね。こちらにいる間にたっぷりと成果を挙げて、彼等を従えられるくらい出世すればよろしいわ」

「それは何とも魅惑的なアイディアですね」

副官はクククと楽しそうに笑った。あたしの提案を気に入ってくれたみたいだ。

彼が乗り気になってくれたところで、さっそく役割を担《にな》ってもらう事にしよう。

細かな説明はあたしには無理なので、ジュールにその役目を代わってもらった。真剣な打ち合わせに入る二人を横目に見つつ、あたしはジュールが用意してくれた捜査書類に目を通す。

あたしがその書類に集中している内に、打ち合わせは終わったようだ。

副官は部署に戻り、ジュールから頼まれた事に着手するという。

「しっかり頼みますね」

あたしは副官とガッチリ握手を交わした。

「承知いたし……」

副官がそう答えかけたところで、会議室の扉が予告なく乱暴に開かれる。全員の視線がそちらに集中した。

「ミシェイラ様！　どういうおつもりですか⁉」

部屋に飛び込んできたのはベルナデットだった。

唖然として彼女を見つめてしまったあたしだけれど、すぐにハッと我に返る。

副官と握手を交わしているのを見られては怪しまれてしまう。だからついっと顎《あご》を反らして、鬱《うっ》陶《とう》しいとばかりに副官の手を振り払った。

急に手を振り払われた副官は戸惑った様子を見せたものの、状況を察したらしく無表情を取り繕《つくろ》ってくれた。

「急に何の用でしょう」

「罪のない官吏《かんり》を無理やり拘束したそうではないですか。しかもその者の副官に理由もなく出頭を命じたとか。即刻二人を解放してください！」

何だ、そんな事か。

あたしはホッとしつつ、用意していた台詞《せりふ》を返した。

「お断りします」

ベルナデットは目を大きく見開く。

「何をおっしゃるのですか！」

「あら、ご不満ですか？」

「なぜこのような非道な真似をなさるのです？　ミシェイラ様らしくありませんわ。いい加減に目

を覚ましてください！」

あたしはコロコロと笑い声を上げた。

「別に危害を加えたわけでもあるまいし……反省の意味も込めて牢に入っていただいただけではありませんか」

うん、嘘は言っていない。横領について心底反省すればいいと、あたしは思うよ。

「彼が何をしたというのですか？」

横領です……とは言えないので、あたしは暴君らしい台詞《せりふ》を述べた。

「わたくしに口答えしましたのよ。投獄されて当然でしょう？」

これも嘘じゃない。彼が口答えしたから、そこで議論を終了して連行させた。

罪状は横領だけどね。

「そんな……そんな事で、罪もない人間を投獄したのですか？」

「嫌だわ。それほど深刻にならずともよいではありませんか。時期が来たら釈放いたしますわ」

「時期とはいつなのですか？」

そりゃあ刑期が明けたらです……とは言えないので、ここはあえて嘘をついておく。

「このゲームが終わった時ですわね」

これが一つ目の嘘。

上手く騙《だま》されて欲しいものだ。

「ゲーム？　こんな暴挙もミシェイラ様にとっては、ゲームのうちだとおっしゃるのですか？」

ベルナデットは怒りを押し殺して言う。

「もちろんゲームですわ。陛下がそうおっしゃったではありませんか。わたくしとベルナデットとリディアーヌ妃の三人で、ゲームをするのだと。貴女はわたくしを本気にさせてみせるとおっしゃったでしょう？　ですからわたくしも、本気でゲームに臨ませていただいておりますのよ」

「そのために、そんな事のために、無関係の人間を巻き込んだと……そうおっしゃるの？」

あたしの口から、クスリと小さな笑みが漏れた。

どうやらいい具合に騙《だま》されてくれたようだ。

「ええ。その通りですわ」

このゲームは、既にあたし達だけのものではない。

あたしもベルナデット達も大臣等を巻き込んでしまっており、とてもゲームと呼べるような可愛いものじゃなくなっている。

元は一つの国家だった大規模な経済圏を舞台に権力闘争をしでかそうというのだから、誰も巻き込まず三人で……というのは不可能なのだ。

「ミシェイラ様の目的は何ですか？　当初あまり乗り気ではなかったミシェイラ様がなぜ急に動く気になられたのか、とても気になりますわ」

「ベルナデットもご存知でしょう？　わたくしはただ顧問《こもん》を辞任したいだけですわ」

あたしの目的なんてそれしかない。

そのための手段が目的になってしまっている感は否《いな》めないけれど、それでも究極目標が顧問の辞任である事は間違いなかった。

「そんな事のために……？」

「そうですわ。わたくしを止めたいと思うのでしたら、わたくしから権力を取り上げてしまえばよいのです。簡単でしょう？」

つまり皇帝の意向に逆らってでも、あたしを顧問から辞任させせろと脅迫しているわけだ。

実際に今辞めさせられたら捜査の方が頓挫《とんざ》するので困った事態になってしまうのだけど、言わなきゃいいんだよ、そんなのは。

「いくら顧問就任が不本意とはいえ、こんな手段が認められるとお思いなのですか？」

「それはやってみなければわかりません。政治の主導権を握れというゲームの勝利条件とは少し異なってしまいますけれど、手段はどうあれわたくしが更迭《こうてつ》されれば、わたくしの勝ち。わたくしを改心させて顧問の座に留まらせる事ができれば、貴女とリディアーヌ妃の勝ち。とてもシンプルなゲームでしょう？」

これが二つ目の嘘。

ゲームの勝ち負けなんて、そもそも意識すらしていない。このゲームには勝者も敗者も存在しえないと、あたしは考えているのだ。

「……都市計画への許可を取り下げてくださるよう、リディアーヌが陛下に進言しています。このような無体な真似を続けていては、ミシェイラ様の名誉に傷がつきますわ。その傷を浅くするためにも、ご自身の行動を正すべきです」

ベルナデットは低い声で言った。

そういえば、先ほど総督執務室に行った時、部屋の主であるリディアーヌの姿はなかった。皇帝に進言するために帝都に戻っているのか。

皇帝にかけ合うだなんて、無駄な事に力を注いでいるなあ。もっと有意義な事に時間を使えばいいのに。

皇帝は、少なくとも一ヶ月間はあたしの味方をしてくれる。それがわかっているので、こちらとしては余裕を持って構えていられるのだ。

しかし、敵に自分達の動きを教えちゃって大丈夫なのかな。

敵があたしだからいいものの、これが本気で敵意を向けてくる相手だとしたら、大変な事になるんじゃないか。ベルナデットは宮廷生活が長いんだから、貴族社会の恐ろしさは重々承知していそうなのに……

そうか、彼女はあたしを敵だと認識していないんだ。だからこんな風に、わざわざ忠告してくれるのだろう。

「自分の行動を正すつもりなどありませんわ。わたくしとて、生半可《なまはんか》な気持ちで取り組んではおりませんから」

「このままではどのような結果になるか、わかっていらっしゃるでしょうに！」

「もちろんですとも」

「わかっていて、どうして！」

ベルナデットは憤《いきどお》りも露《あら》わに詰め寄ってくる。

今のまま都市開発を強行したら、ただでさえ困窮《こんきゅう》しているサタレン経済が破綻《はたん》するのは必至。どれほどの生活困難者が出るかわからない。一家離散やら餓死やら、ありとあらゆる悲劇が起こるだろう。そんなの言われずとも理解している。

でも例の鉱脈が見つかれば、それも宝石を産出する文字通りの宝の山が見つかれば、話は変わる。サフラスタンに莫大な利益をもたらすのはもちろん、サタレンの景気を一気に回復させ、国内有数の金持ちな自治体にしてくれるはずだ。

勝算の極めて高い博打《ばくち》、しかもリターンが大きいとわかっている。これを途中でやめるなんてありえないね。

「決まっているではありませんか。先ほどから何度も言っていますけれど、顧問《こもん》を辞任したいからです。そんな事よりも、わたくしが提示したスケジュール通りに進めてくださいね。陛下にいくら進言なさっても構いませんけれど、遅延だけは認めませんわよ」

「存じておりますわ！　……用件はこれだけですので、失礼します」

そう言うと、ベルナデットは傍《そば》にいた副官の手を引っ掴み、強引に外へ連れ出した。

引き揚げるついでに彼を救助してしまうだなんて、さすがベルナデットだ。ここへ来た当初の目的をちゃっかり果たしている。

ちなみに副官をここに連れ込むきっかけとなってくれた横領犯は、事情聴取をした後、帝都に帰らせる事になっている。『あたしの気まぐれで拘束された気の毒な官吏《かんり》は数時間程度で解放され、二度とこんな目に遭うのは耐えられないとばかりに帝都へ逃げ帰った』という筋書きだ。

もちろん、それは表向きの話。帝都では皇帝直属の人間から、みっちりお仕置きを受ける事だろう。


午後になり、あたし達は本格的な捜査活動に入った。

「貴方達がいくつかの部署を回って証拠を探す間、わたくしはその部署内にいる人間の目を逸《そ》らせばよいのですね？」

これから証拠がありそうな部署のガサ入れをするので、暴君たるあたしが暴れて捜査に気付かれないようにするというわけだ。

「強制捜査礼状は取得済みですのでご安心を」

ジュールの言葉に頷くと、あたしは更に訊《たず》ねる。

「ちなみに、証拠がある場所の目星はつけてあるのですか？」

「はい。最初に向かう部署の、長官の横に座る人物が持っているだろうと予測しています」

目星がついているのなら、逆サイドへ意識を集中させればいい。

あたし達はさっそくその部署に乗り込んだ。人々はあたしが突然やってきた事に驚いた様子だったが、すぐに自分達の仕事に戻る。

さーて、どうやって騒ぎを起こそうかな。

あたしは何か言いがかりをつける口実はないかと、周りを見回しながらデスクの間を進んだ。

証拠を握っていそうな人物の席は、いの一番に確認済み。生憎《あいにく》というべきか、それとも幸いと言うべきか、その席は空いていた。

本人が席にいれば、その人に言いがかりをつけたいところだけど、いないのでは仕方がない。では誰に言いがかりをつけよう。

あたしも無実の人間にひどい事はしたくないし、かといってひどくない言いがかりなんてとっさに思いつかない。

困ったなと思いながら歩いていたら、この部署で一番の若手らしき青年のデスクに差しかかった。あたしと目線が合わないようにしているのか、青年は下を向き、真剣に書類に向き合っている。

彼が作成中の書類に何気なく目を留めたあたしは、思わず足を止めた。

その書類には作文のような長ったらしい文章が書かれていて、公的な書類とは思えない。まさか就業中に小説でも書いているのか？

「何を書いているのですか？」

あたしの声に、青年はビクッとして顔を上げた。

うーん、ますます怪しい。

あたしは彼の手から紙を取り上げ、内容を確認した。

一行目には報告書というタイトルが書かれている。

二行目には名前。

そして三行目から始まる本文は……長ったらしくて読む気になれないので割愛《かつあい》。

「これは何ですか?」

見た目は完全に『報告書』というタイトルの作文だ。

あたしの問いに、青年は小さな声で答えた。

「……水利調査の報告書です」

ニッコリ微笑んで、あたしは告げる。

「一から書き直しなさい」

これが報告書だなんて、馬鹿な事を言うな!

「世間一般では、これは報告書ではなく作文と言います。きちんと報告書の体《てい》をなしたものに書き直しなさい」

そう言って突き返すと、青年はオロオロしながら助けを求めるような視線を周りに向けた。

だが、誰も何も言わない。

後輩が困っているのに手を貸さないなんて、先輩の風上にも置けないなあ。

よし決めた。後で言いがかりをつけてやる。

まずはこの青年の報告書問題にケリをつけてからだ。

「今まで一度も報告書を書いた事がないのですか?」

「いえ、あります」

「それならいつもやっているように、文面を整えればよいでしょう」

「いつも通りに記載していています……この書き方で問題などありませんでした」

青年の返答に、あたしは眉を跳ね上げた。

「こんな作文を毎回提出していたのですか？　それで何も注意されなかったと？」

「些細《ささい》な指摘を受ける事はありましたが……」

青年は言葉を濁《にご》した。

「上司から指摘を受けたのなら、その通りに直せばよいでしょう？」

「直すわけがありませんよ。上司といえど身分が低い者の指示に、なぜ従わねばならないのですか」

想定外の返事が返ってきて、あたしはびっくりしてしまった。

「自分よりも身分が低いから無視したと、そういう事ですか？」

「もちろんです」

思わず怒鳴りつけそうになってしまい、あたしは一度深呼吸した。

軽く深呼吸しただけで、ちょっとは気持ちが落ち着く。

「なるほど。それでこんな無残な報告書をこさえておきながら、平然としていられるのですね。まともな書類を一度でも書き上げた事があれば、こんな作文じみた報告書など、恥ずかしくて人に見せられませんもの」

あたしはここぞとばかりに青年をこき下ろした。

「どこに不備があるとおっしゃるのですか？」

青年は不満げに言う。

「報告書の体裁について、貴方でも理解できるように説明してあげましょう」

あたしは近くにある黒板のようなボードに近づいた。すると青年もついてくる。

「まず、これを書面に見立てます」

あたしはそう言って、ボードに枠線を書き込む。

「タイトルは一番上に大きめの文字で、端的に記載します。今回なら『水利調査報告書』が適当でしょう。二行目の右端には、日付と作成者名」

ここまでは青年の書類とあまり変わらないからだろう。青年は不機嫌そうではあるものの、その顔には余裕がある。

「作成者名の下は上司がサインを入れられるように一行空けて、次から本文を書き始めます。報告書なのですから、何を報告するのか読み手が理解しやすいように、趣旨や目的、調査内容などを簡潔に記載していきます」

とりあえず四行目の位置に、『一、調査の趣旨』という見出しを記載した。

その下に、一段下げて適当な文言を書く。単なる例なので、ひとまず『農耕地開墾《かいこん》のための水質調査』と書いておいた。

「次に調査の概要。これもなるべく端的に、わかりやすく書かねばなりません。箇条書きや表形式でまとめるのが良いでしょう」

趣旨の下に一行空けて『二、調査の概要』と書き、次の行から調査手法や調査対象などを箇条書きにしていった。

「後は調査結果や分析した内容を書いたり、分析に使ったデータを添付《てんぷ》したり、参考文献の情報などを書いたりすればよいでしょう」

もう面倒になってきたので、あたしはそう言って説明を打ち切った。

「これが本来の報告書です。それに対して、貴方の書いた報告書をよくご覧なさい。どう見ても作文でしょう？　子供が読書感想文でも書いているようにしか見えませんよ」

ボード上の書面と自分の作った書面を見比べた青年は、真っ赤になって黙り込む。

「どこが問題なのか、理解できましたね？」

あたしがそう問うと、青年は歯を食いしばりながらも頷いた。

「上司の指摘に従う事と、こんな書類を大勢の目にさらし続ける事と、どちらが無様でみっともないでしょうか？　職務を遂行する上で、身分差など関係ありません。上長に任命されたという事は、それだけの能力を持っている証拠。身分が低いからといって軽んじていては、いつまでも仕事ができない能無しのままですよ？」

我ながら、かなりきつい台詞《せりふ》だと思う。でも暴君を演じるなら、手加減などしていられない。

あたしは嫌味な女教師のごとく、腰に両手を当てて居丈高《いたけだか》に言った。

「……はい」

青年は悔しそうにしつつも、あたしの身分を知っているからか、それとも反論したところで更なる辱《はずかし》めを受けるだけだと思ったのか、素直に頷いた。

さて、本題はここからだ。

「それから、周囲で傍観《ぼうかん》している貴方達！　何を他人事のように見ているのですか⁉」

あたしは部屋の中をジロリと睥睨《へいげい》した。

息を潜《ひそ》めてこれまでのやり取りを見ていた面々は、あたしと目が合うなりさっと目を逸《そ》らす。

そのうちの一人をあたしは指差した。

「そこの貴方。貴方はすぐ隣でこの青年がこんな無様な書類を書いているというのに、それを放置していたのですか？」

「き、気付かなかったもので……」

その男性は小さな声で無難な返答をする。

「あら、そう。若手を導こうという気概のない役立たずだと、自己紹介してくださっているのですね」

「私は自分の職務に集中していて、他に目を向ける余裕などなかったのです！」

「まあ、そうでしたか。では貴方の書いた書類を、今すぐわたくしに見せてくださいな。周りが見えないほど職務に邁進《まいしん》されているのなら、さぞかし立派な書類なのでしょうね」

さっさとよこせとばかりに手を出せば、彼はノロノロした動きで書類を差し出した。

ざっと見たところ、ごく普通の経理書類のようだ。必死にならなければ作れないほどの書類とは思えない。

それどころか字は汚いし、誤字脱字は散見されるし、表の枠線はヨレていて見苦しいしで、いかにもやる気のなさそうな書類だった。

「職務に集中していてこれですか？」

思わずハッと鼻で笑ってしまった。

黙ってやり取りを見ている人々の中にも、嘲笑を浮かべている人がいる。あたしはすかさずそちらを指差した。

「ほら、そっちの貴方。その隣の貴方も！　なぜそうも他人事なのですか？　わたくしは彼等だけではなく、この部署全体について言っているのです。共に働く仲間や後輩が窮地に陥《おちい》っているのに、黙って見ているどころかあまつさえ嘲笑しているとは、どういう了見ですか？　そのような体《てい》たらくだから、貴方達は厄介払いとしてここへ飛ばされたのではありませんか？」

途中までは勝手に言ってろとでも思っていそうな、冷めた雰囲気だった。けれどあたしが厄介払いと口にした途端、ハッキリと空気が変わる。

あたしはふと思いついて、作文報告書を書いた青年に訊《き》いた。

「貴方はここへ派遣されているのですか？　それとも転籍かしら？」

「……転籍です」

「そう。先ほどこの二人を嗤《わら》った、そちらの貴方は？」

少し離れたところで不機嫌そうに頬杖をつく男性に、あたしは訊《き》いた。

「私は派遣なので、いずれは帝都に戻ります」

その返答によって、更に空気が悪くなる。いずれ帝都に戻れる彼へのやっかみや嫉妬が感じられた。

「それは素晴らしい。少なくとも帝都には席が一つ分用意されているわけですね。皆様、彼以上の成果を挙げて優秀だと認められれば、その席に座れるかもしれませんわよ」

頬杖をついていた男性が、何を言うんだとばかりに目を剥《む》いた。

作文報告書を書いた青年は、その手があったかと表情を明るくする。

「こんな作文じみた報告書を書いているようでは、帝都に戻るなんて夢のまた夢でしょう。けれど、こんな最低の状態から努力して成長ぶりを見せつけられれば、帝都の人事担当者へ与えるインパクトは大きい。先輩の技やテクニックを盗めるだけ盗んで、返り咲きを狙ってはいかが？」

あたしはそう言って青年をそそのかす。

ついでに、お粗末な経理書類を作った男性にもささやいた。

「このどうしようもないのを一人前に育て上げれば、それも十分成果になりますわよ」

「こいつを成長させたって、私の帰還が遠のくだけではありませんか」

開き直ったのか、えらく正直な台詞《せりふ》だった。

「後輩を成長させる以上に、自分も成長すればよいではありませんか。それに、人を育てるという仕事を甘く見ていては、いずれ上司となった時に泣きを見ますよ。こんなどうしようもない作文報告書を提出されて、苦労ばかりの日々を過ごしたいのですか？」

すると、男性はグッと言葉に詰まった。

「自分が上に行ってから苦労しないためにも、下を育てねばなりません。育てた部下に抜かされないためにも、自分は更に努力せねばなりません。そこまでしなければ、貴方達が帝都に戻る事など叶わないでしょう。ですがそうやって己《おのれ》を育て、他を育て、使える集団と認知されれば、部署ごと帝都へ戻れる可能性だってありますわよ」

夢と希望を目一杯語った後、あたしはニヤリと笑った。

「それもこれも、下を育てる気概や人に教えを乞う謙虚さ、周りとコミュニケーションを取る能力などがなければ、どうにもなりませんけれど。そもそもそういったものを持っていたのなら、厄介払いなどされなかったでしょうから、貴方達には夢のまた夢かもしれませんわね！」

オーホッホッホッホと、わざとらしいくらい悪役チックな高笑いで話を締めくくった。

せいぜい頑張る事ねと言い残して部屋を出たところで、ジュールと落ち合う。捜査の首尾は上々らしく、どことなく機嫌が良いように見えた。

そのまま次の現場へと向かう。

さっきと同じようにあたしが暴君を演じて注目を集め、その隙《すき》にジュールが必要な証拠を掻き集めるという地道な作業を繰り返した。

翌日は午前中からいくつもの部署をハシゴして、茶々を入れつつ嫌味と揚げ足取りに従事する。

実は証拠集め自体は前日で終了したのだけれど、暴君騒動が一日で収まっては不自然なので、書類の間違いなんかを指摘しながら邪魔して回ったわけだ。

それだけではなく、今後の捜査に協力してくれそうな人材を、あの副官と同様に会議室へ無理やり連行した。

その手法で幾人かは引き込みに成功したけれど、失敗してしまった人もいる。性格的に向いていないだとか、あたしの取った手段が気に食わないだとか、理由は様々だったけれど、何人かに協力を拒否されたのだ。とりあえず一ヶ月は黙っていてくれると誓ってもらえたけれど、あたしとしては残念な結果だった。

その翌日は、街へ出て捜査のお手伝いに精を出した。

具体的には例の商人と癒着《ゆちゃく》していそうな宝石店を当たって、生意気だとか無礼だとか適当な口実をつけて容疑者を連行したり（もちろん礼状は用意済み）、ちんけな店ねと貶《けな》しつつ品揃えや価格の調査をしたりしたのだ。

それにしても、暴君演技は癖になりそうなほど楽しかった。あたしの言動で右往左往《うおうさおう》する人達の反応が面白くてね。申し訳ないと思いつつも、笑いを堪《こら》えるのが大変だった。

三　一時帰国

濃厚な三日間を過ごしたあたしは、予定通りの日程で帝都の宮殿に戻った。

移動陣のある棟を出たところで、ジュールに似た青年とすれ違う。

青年は武装した数人の騎士を背後に引き連れていた。そのうちの一人から、すれ違いざまに険しい眼差しを向けられる。

あたしはギョッとして、つい足を止めてしまった。

会釈《えしゃく》だけして通り過ぎようとした青年も、そんなあたしに気付いて立ち止まる。

「何かございましたか？　……ああ。お前達は先に行ってなさい」

青年は部下達が醸《かも》し出す険悪な空気に気付いたらしく、彼等をさりげなく追い払った。そして、あたしに向かって頭を下げる。

「配下の者が失礼な真似をしたようで。妃殿下のご気分を害した事、お詫び申し上げます」

「いいえ、お気になさらず。ですが、なぜあのような態度を取られてしまったのか、お訊《き》きしてもよろしいかしら？」

ジュールに似た青年は少し沈黙した後、答えてくれた。

「我々は妃殿下がサタレンで何らかの作戦に従事しておられると聞き及んでおります。先ほどの者は妃殿下の表面的な言動だけを耳にし、深いお考えがあっての事だと理解できずに憤《いきどお》っているのです」

なるほど。あたしの暴君ぶりを耳にしたのであれば、あんな態度を取っても不思議ではない。

「もうこちらでも噂になっているのですね。納得しました」

そう言いながら気付いた。

このどことなくジュールに似た面差しの青年には、見覚えがある。

しばらく前、隣国の大使に同行してきた女性がパーティーの最中に倒れ、皇太子マクシミリアンの命令であたしが治療に当たった。その時に、マクシミリアンとの連絡などは、この彼を通して行っていたのだ。

彼がマクシミリアンの側近なら、あたしが暴君として振る舞っている事を把握していてもおかしくない。

「妃殿下が何をお考えなのか、全てを理解しているわけではありませんが、当然必要にかられての行動と推察いたします。しかしながら、ご自身の評価を落とすような手段を用いるのは、避けるべきではないでしょうか。マクシミリアン様も同じようにお考えです。どうか、ご自身のお立場についてご再考ください」

それは真摯《しんし》な忠告だった。でも――

「既に動き出してしまった以上、後戻りはできませんわ」

もし後戻りできたとしても、あたしは決して作戦を中断したりしないだろうけれど。

後にこの時の事を幾度となく思い返して、青年の忠告に従うべきだったのだろうかと考えさせられた。

彼の発言や配下の騎士の態度など、重要な兆候がいくつもあったというのに、あたしはそれを見逃してしまったのだ。それがいずれあたしを窮地に追い込むのだという事に、全く気付かなかった。


屋敷に帰り着くと、あたしは真っ先にアルフォートのもとへ向かう。

ジュールの代わりに捜査状況を報告するためだ。

「……と、報告は以上ですわ」

ジュールから預かった報告書を片手に報告を済ませると、少し肩の荷が下りた気分になった。

まったくジュールの奴め、人を伝令扱いするとは何事だ。お妃様という立場を何と心得る。あまりにも彼らしくて、思わず感心してしまうじゃないか。

「ご報告ありがとうございます。順調なようで安心しました」

そのアルフォートの言葉に、あたしは苦笑してしまう。

「ジュール殿の捜査の方は順調ですけれど、わたくしの方はなかなか前途多難ですわ」

「といいますと？」

「サタレン出身者とサフラスタン出身者の間にある軋轢《あつれき》を解消せよという、皇帝陛下からのご指示の事です。城郭《じょうかく》内や街中を歩き回っていて気付いたのですが、サタレン出身組とサフラスタンからの派遣・転籍組は、それぞれで固まって行動していました。わたくしへの反抗心から出身に関わりなく団結してくだされぱいいのに、今のところその兆候もありません。人の意識を変えるというのは難しいものですわね」

あたしのボヤキに、アルフォートはふんわり微笑んだ。

「まだ始めたばかりではありませんか。効果が出てくるのはこれからですよ」

「ええ。とりあえず一ヶ月近くは猶予《ゆうよ》がありますから、その間に両者を隔《へだ》てている垣根が崩れてくれる事を願いますわ」

皇帝からもらったお墨付きの有効期間は一ヶ月だけ。その間が勝負だ。

サタレンがサフラスタンに併合されてからまだ日が浅く、軋轢《あつれき》もでき始めたばかりでそれほど深刻なものじゃない。最初のハードルを乗り越えて仲間意識が生まれれば、出身地による派閥化なんかは起きないと思う。

そうであって欲しいという願望だけど、それを現実にするには努力するしかない。

「あまり無理はなさらないように」

「わかっております。ほどほどに頑張りますわ」

「姫の力だけではどうにもできない相手もいるでしょう。思わぬ問題が起きたり、どこからか横槍《よこやり》を入れられるような事がありましたら、すぐに知らせてください。できる限り協力します」

あたしでは対処できない相手って、そんなの限られてるんじゃないかな。

皇帝とかマクシミリアンとかの権力者しかいないだろうから、そんなに心配しなくても大丈夫だと思うんだけど。

「たとえそれが兄マクシミリアンであっても、気兼ねせずにおっしゃってください」

「承知しましたわ」

マクシミリアンがあたしの邪魔をするわけないのに。アルフォートって、本当にどこまで心配性なんだろう。

アルフォートへの報告を終えると、あたしは自室に引っ込んだ。

部屋着のドレスに着替えて久々にくつろぐ。ここのところ気を張る仕事ばかりしているから、この開放感がたまらない。

ストレスのせいなのか、サタレンの食事が口に合わないせいなのか、肌にブツブツができている。その上、髪も何だかパサついてしまっていた。

侍女達はそんなあたしの姿を見て、この世の終わりとばかりに悲鳴を上げ、猛然とお世話をしてくれた。

やれマッサージだ、やれクリームだと、頭の先からつま先までしっかりと手入れをしてくれる。あまりの勢いにちょっと疲れたけれど、おかげで心身共にピッカピカになったような気がした。

リフレッシュが済むと、その後は学院へ行く準備をする。

今日は午前中に講義が一コマ、午後にも講義が一コマ、その後にグラントの講義という勉強漬けのスケジュールだ。

帝都とサタレンを何度も行き来しなくて済むよう、グラントにお願いして講義の時間を調整してもらったからなんだけど、慌ただしい事この上ない。

肌のお手入れで予想外に時間を食ってしまったあたしは、慌てて支度をして学院に出かけた。

昼食のために一時帰宅してから再び学院へ行き、屋敷に戻ってくるなりすぐにアルフォートの領地へ移動する。領地にはリオールとの直通の移動陣があるので、グラントの授業は領地の城で行う事になっているのだ。

グラントはあたしにリオール王族としての教育をしてくれる事になっている。けれど、それはあくまでついでで、本当の目的はあたしから元の世界の科学知識を教わる事なのだった。

授業の前にあたしが先生役となって、グラントに元の世界の知識を伝える。今日のテーマは『化学薬品について』だ。

「……以上のように、薬品は様々な物質から作られています。非常に危険で人体に害のあるものも多いので、取り扱いには注意が必要です」

元の世界にはどういった化学薬品があるのかという事から始まり、その作成方法や有毒性、環境への影響など、実例を挙げて説明していった。

有名なところだとガンの村なんてものがあるけれど、他にも有毒な水が中毒症状を引き起こしたり、鉱毒を含む農作物が原因で病気になったりと、この世界では考えられないほど深刻な被害が起きていた。

「実はこちらの世界にも似た事例はあります。文化がまるで違うというのにこういったところが共通しているというのは、皮肉なものですな」

グラントはそう言って、この世界における事例を説明してくれた。

「鉱山周辺で生産された農作物が原因で、健康被害が出たケースがあります。採掘の際に排出された水に、金属が溶け込んでいたためと推測されます。そういったケースがいくつか発生した事により、鉱山からの排水は一般家庭から出される排水に比べて厳しい基準で処理されるようになりました」

まさに公害そのものの内容で、確かに似ているなとあたしも思った。

この世界は科学が発達していないけれど、代わりに魔術が発達しているおかげか、生活レベルは元の世界に劣らない。

金属の採掘方法も魔術的なものなのだろうけれど、鉱山から採掘するという点は同じなのだから、発生する問題もそりゃ似たり寄ったりだろう。

「また、これは健康被害とは異なりますが、魔石の採掘現場から漏れ出た魔力が周辺の動植物に悪影響を及ぼし、狂暴化を引き起こすというケースもありました」

「漏れ出た魔力による問題ですか。こちらの世界らしい事例ですわね」

「先ほどの……光化学スモッグと言いましたか。化学物質が空気中に拡散して広範囲に健康被害を及ぼすという事例は、こちらにはないものです。非常に興味深いお話でした」

グラントは手元のメモを見ながら言う。

「しかし、向こうの世界には金属を溶かす薬品があるとの事ですが、それがどう役に立つのかは、いささか想像しにくいですな」

それはそうだろうとあたしも頷く。

薬品そのものが生活に役立つわけではないのだ。

「それを用いて鉱物などを加工し、様々な道具を作っているのですよ。こちらでは魔術で行っている事を、向こうでは化学薬品を使って行っているのです」

「なるほど」

そこでふと、いい実例を思い出した。

「例えばあちらでは、化学反応を利用して鏡を製作しています」

「鏡が化学反応によって作られるという事は、薬品を使って金属を磨き上げるのですか？」

元の世界において、古くは金属を磨き上げて鏡が作られていた。技術も手間もかかる分、非常に高価なものだったという。

こちらの世界でも同じように、魔法を使って金属を磨き上げ、それを鏡として使っている。

「薬品で金属を磨くわけではありません。まずは硝酸と呼ばれる液体に銀を溶かして、硝酸銀というものを作ります。この硝酸銀を使ってガラス面に銀を付着させる事で鏡を作るのです」

これ、学校の実験で先生がやってみせてくれたんだよね。

危険だから見せてもらっただけだけど、ビーカーの表面に銀の膜ができていくのは、不思議な感じだったな。

「ほう。なぜそうなるのですか？」

「なぜって……」

あたしは銀鏡《ぎんきょう》反応について知ってはいるけど、その理屈まで知っているわけじゃない。だからどう答えるべきかと非常に頭を悩ませた。

そんな感じで時々返答に窮《きゅう》する場面もあったが、どうにか切り抜けられた。

あたしの科学レクチャーが終わった後は、いよいよグラントの授業だ。知りたい事は何でも教えてくれるというので、あたしは魔術の講義を希望した。

基本的にあたしが質問して、グラントが答えるという一問一答方式。魔術関連はわからない事だらけなので、訊《き》きたい事や知りたい事を満足いくまで質問する。

学院の授業はまだ基本的な事ばかりで、あたしの知りたい内容まで到達していない。だから、グラントへの質問タイムはとても有意義な時間だ。

できるだけたくさん教えてもらおうと、あたしは時間ギリギリまで質問を続けた。

「そういえば、前回お会いした際に手荒れ用ハンドクリームが欲しいとおっしゃっていましたが、調べてみたところ、こちらの世界には存在しないようです」

授業が終わって雑談をしていたら、グラントがそんな事を言い出した。

戦争中、ベルナデットはサタレンで医師団の手伝いをしていた。そのベルナデットの手が慣れない水仕事によって荒れているのを見たあたしは、手荒れ用ハンドクリームをプレゼントしようと考えたのである。

けれど、それがどこにも売っていない。サタレンやサフラスタンにはなくとも医療大国のリオールにはあるかと思い、グラントに訊いてみたのだ。

「無いのですか？」

意外な気もするけど、逆にやっぱりねという気もした。

もしこの世界にもあるのなら、薬屋に行けばすぐに見つかるだろうし、周囲の人達が使っているはず。それを一度も見ていないという事は、そもそも作られていないのではないかと薄々感じていた。

「手荒れをするような仕事についている人間は、ちょっとしたケアにお金をかける余裕などありません。もし本格的な治療が必要なら専用の薬がありますので、ハンドクリームはこれまで需要がなかったのでしょう」

うーん、納得できるようなできないような。

とはいえ、ないのならばどうにもなるまい。

「そうだ。ご自身で開発してみてはいかがでしょうか？」

「わたくしが？」

グラントの思わぬ発言を受け、あたしはつい聞き返してしまう。

「はい。今日のように一問一答形式の講義も結構ですが、そのうち質問が尽きてしまうでしょう。でしたら何かテーマを決めて、それに沿った内容を深く学んでいただいた方が良いのではないでしょうか」

確かに、今のままだとあたしの疑問点はいずれ尽きてしまうだろう。

だけど元の世界に帰るための魔術を研究していく中で、わからないところがあればすぐグラントに訊《き》きたい。グラントにいつでも訊けるという今の環境を死守するためにも、適当なテーマを決めて学んでいくというのはアリだな。

「では、ご指導お願いします」

今後の方針も決まったところで、今日の講義はお仕舞い。

グラントを見送ってからふと窓の外を見ると、もう一時間もすれば日が暮れそうな塩梅《あんばい》だった。

今晩は帝都でゆっくりして、サタレンに行くのは明日にすればいいや。

そうと決まれば今のうちに、グラントから出された課題を済ませてしまおう。先ほどハンドクリームを作るにあたっての予習を、次回までの課題として出されたのだ。

あたしは気合を入れて机に向かう。

しかし残念ながら、予習はすぐに中断させられた。

ルーシーから来客を告げられたためだ。

「アドルフが来ている？」

アドルフって誰だろうかと考えてしまったが、すぐに思い出す。制服もどきとドレスをお願いしている仕立屋のオーナー兼デザイナーだ。

ここのところ忙しくて、すっかり仕立屋の存在を忘れていた。

「妃殿下には本日中に、夜会用ドレスと学院の通学用衣装のデザインを決めていただきます。学院用のご衣装はまだしも、夜会用のドレスについてはあまり猶予《ゆうよ》がありませんので」

「そういえば、夜会は今月末でしたね」

ドレスを仕立てる時間を考えたら、確かに猶予がない。ルーシーはあたしが帝都に戻ってくる日を知っていたから、それに合わせて仕立屋を呼んでくれたのだろう。

あたしは応接室で待つアドルフのもとへ向かった。

挨拶《あいさつ》を交わした後、彼はさっそく用件を切り出す。

「前回ご指摘いただいた箇所を直して参りましたので、ご確認いただけますでしょうか」

あたしは彼が差し出したデザイン画を受け取り、じっくりと眺める。

どれもこれも素晴らしく綺麗なドレス画だった。

結婚式でもないのにこんな派手なドレスを身に付けるなんて……と照れが先に立つけれど、それでも着てみたいなと思ってしまうくらい素敵なデザインだ。

フリルやリボンが多用されている辺り、あたしはちょっと派手だと感じてしまう。けれど、どことなく元の世界で言うカクテルドレス風になっていて、あたし好みのエレガントな感じだった。

「いかがでしょう？」

「どれも素敵ですわ。目移りしてしまって選ぶのが難しいくらい」

とはいえ、どれか一つを選ばなければならない。何度も着る機会のある学院用の衣装と違い、ドレスは一回しか使わないのだから。

でもデザイン画と実物では多少イメージが変わるだろうし、今の段階では試着して似合うかどうか確認する事もできない。

一人で悩んでいても答えは出せそうにないので、手の空いている侍女さん達に集まってもらって意見を聞く事にした。

そして集まってくれたのは、侍女頭《がしら》のルーシーに、中堅侍女のブランシュとイヴェット、そして若手侍女のマルゴという四人。

意外な事に、こういう時だけは張り切って現れそうなリーザとヨランダは来なかった。

「妃殿下はこういったドレスがお好きでしたのね。素敵なデザインですわ。わたくし共はこの中から妃殿下に一番お似合いになるデザインをお選びすればよいのですか？」

ルーシーの問いに、あたしは大きく頷いた。

「ええ。忌憚《きたん》のない意見が聞きたいの。よろしくお願いね」

侍女達は一斉にデザイン画を覗《のぞ》き込んだ。

四人共前かがみになって、熱心に見入っている。

「落ち着いていて大人びた雰囲気がある、こちらのデザインはいかがかしら」

「妃殿下は色白でいらっしゃるので、淡いお色のドレスだとぼんやりした印象になってしまいますわ。ハッキリとした色合いのドレスの方がよいかと」

「髪色が少々暗めですので、お衣装は明るい方がよろしいですわ」

「でも、合わせるアクセサリーの事も考えないと」

「妃殿下はまだ十代でいらっしゃいます。もっと可愛らしさを前面に出してもよろしいのでは？」

……なんて、あたしそっちのけで熱く議論を交わしている。あたしはただそれを聞いているばかりだ。

そんな侍女さん達のおかげで、どのドレスにするかがようやく決まった。

「こちらのドレスにします」

あたしはデザイン画の中から一枚を抜き出して、アドルフに手渡した。

しっかし、ドレス一枚でこの騒ぎだ。夜会というのはこの世界の人達にとって一大行事なのだなと、あたしはしみじみ実感させられたのだった。

四　代償

サタレンと帝都を頻繁《ひんぱん》に行き来し、暴君のふりをしたり学問に集中したりと慌ただしく過ごしていたら、あっという間に半月が経過した。

気付けば皇帝からもらったお墨付きの期限も、残り一週間ちょっと。

ジュールから聞いた感じだと、捜査の方はかなり進展しているようだった。

城郭《じょうかく》内の空気は非常に緊迫しており、官吏《かんり》達は出身にかかわらず一丸《いちがん》となって、あたしやジュールに敵愾心《てきがいしん》を抱いているのがわかる。

正直、ジュールまで嫌われるというのは予想外だった。

暴君を演じているのはあたしなのに、何で彼が嫌われるのかと初めは首を傾げた。けれど答えは単純で、ジュールがあたしを操っているという噂が流れているらしい。

一方、ベルナデットや大臣等はあたしから出された課題——都市計画書の作成に難航しているらしく、今のところ作戦に支障が出るような横槍《よこやり》は入っていない。

そんなわけで、本日のあたしのお仕事は、いつも通りサタレンで暴君を演じる事だった。

総督執務室の近くを通りかかると、人がバタバタとひっきりなしに出入りし、ひどく慌ただしい空気を放っている。大臣達が頑張っているのが容易に見て取れた。

邪魔をするつもりはないので、あえて踏み込むような事はしない。

暴君らしくないとは思うけど、はたから見ても彼等が頑張っているのがわかるので、あの鬼畜なスケジュールを押しつけて以来、一度も入らないでいるのだ。

どれくらい頑張っているかと言えば、リディアーヌの執務室を出入りする人達は一様に疲労が溜まった表情をしており、寝る間も惜しんで仕事している事が窺《うかが》える。そのせいで彼等が承認すべき決裁が滞《とどこお》っていて、関連部署の通常業務が回らなくなってきているほどだった。

そんな現状を見かねたあたしは書類の粗探しをしながら、あたしでも承認できるものにはコッソリとサインしているのだ。

決裁が滞ると下《した》っ端《ぱ》が困るだろうし、彼等がああなってしまったのはあたしの責任でもあるので、ちょっとしたお手伝いである。

さて、今日はどこの部署をお手伝い――もとい、虐《いじ》め抜いてやろうかしら。あたしは本日の可哀想な生贄《いけにえ》を求めてサタレンの城郭《じょうかく》内を歩く。

すると足早にどこかへ行こうとしているベルナデットとリディアーヌを見かけた。

二人共やつれていて、いかにも疲れている様子だ。特にひどいのはベルナデットで、目の下にはくっきりと隈《くま》ができている。

彼女達はあたしを見た途端、ピタリと足を止めた。

「ミシェイラ様、少々よろしいかしら？」

ベルナデットが険しい表情で近づいてくる。

「何かしら？」

「相変わらず官吏《かんり》達に辛く当たっていると聞き及んでおりますが」

「ええ、それが何か？」

「そんな事をしてもミシェイラ様の評判が下がるだけです。横暴な振る舞いはわたくし達や大臣等のみに対してなさってください」

あたしは小さく笑った。

「わたくしが悪辣《あくらつ》な言動をしたからとて、貴女方には関係ないではありませんか」

「彼等が気の毒だと思われないのですか⁉　なぜそのような……！」

カッとなったベルナデットを、意外な事にリディアーヌが止めた。

「なぜ止めるのです！」

ベルナデットはあたしからリディアーヌへと矛先《ほこさき》を変える。

食ってかかられたリディアーヌは、ムッとしつつも口を開いた。

「冷静にならねばミシェイラ様には勝てない。そうおっしゃったのはそちらでしょう？　少し頭を冷やしてはいかが？」

どうやら仲が悪いのは相変わらずみたいだ。あたしという共通の敵を前にしてもこれなんだから、この二人はもうどうしようもない。

ベルナデットは反論できないようで沈黙した。

「ミシェイラ様とはわたくしが話します。貴女は先に行っていてください」

「何を偉そうに。貴女ではミシェイラ様に丸め込まれるのがオチですわ」

ベルナデットが冷たく言い放っても、リディアーヌは動じない。

「頭に血が上っている貴女よりは、わたくしの方が幾分かマシです。仮にわたくしが先に行き、貴女がここに残ったとしましょう。そうなった場合にわたくしでは大臣等を上手く仕切る事ができず、貴女が来るまで時間を無駄にしてしまいます」

自分の力のなさを堂々と口にして、リディアーヌはベルナデットを言い負かした。

ベルナデットは不満タラタラながら、リディアーヌの提案に乗る事にしたようだ。自分でも冷静ではないと自覚しているのだろう。

立ち去るベルナデットを見送ると、リディアーヌはあたしの方に向き直る。

しかし何やら言いにくそうに口ごもってしまったので、あたしの方から話しかけた。

「わたくしにお話があるそうですが、一体何のお話なのかしら」

そうやって聞く姿勢を見せると、彼女はようやく口を開いた。

「ミシェイラ様にお願いしたい事があります」

「お願い？」

頷いたリディアーヌは、真っ直ぐあたしを見据えている。

「このような茶番をどうか終わらせてください。わたくしにできる事なら何でもいたしますので、何卒《なにとぞ》お願いいたします」

そう言って、彼女は深く頭を下げた。

まさか、こんな直球でお願いされるとはね。

あたしは天を仰《あお》いで気持ちを落ち着けると、真面目な口調で答える。

「今のわたくし達は、いわば敵同士。敵に軽々しく頭を下げるものではありませんわ」

「存じております。しかしこのような危急の事態に、体面など取り繕《つくろ》って何になりましょうか」

そのリディアーヌの潔《いさぎよ》さに、あたしはちょっと心を動かされた。

「万策尽きたと言うのですか？」

「はい」

「陛下にお墨付きを撤回するよう進言したり、皇太子殿下に働きかけたりなさったようですが、それだけで万策尽きたとは……」

「今のわたくしには、他に手段がありません」

それを聞いたあたしは、小さくため息をついてみせた。

「いくら何でも、降参するのが早すぎるのではありませんか？　もっと他にやれる事があるでしょうに」

そのあたしの言葉に、リディアーヌは困惑の色を浮かべる。

どうやら本当に他の手段が思いつかないらしい。

「どうしたらわたくしの行動を阻害できるかを考えれば、いくらでもアイディアは浮かんでくるはず。総督という肩書きをお持ちなのですから、今の貴女でも十分対抗できますわ。もし貴女の力だけでは足りないというのならば、誰かに助力を求めればよいのです。すぐ傍《そば》にいるベルナデットや大臣等には手助けする余力はないかもしれませんが、周囲に目を向ければ頼れる相手は大勢いますわ。ここに勤めている役人達は、基本的に貴女の味方でしょう？　誠意を持ってお願いすれば、きっと助けてくれるはずです」

そう言いながらも、今から協力者を見つけ出すのは至難の業《わざ》だろうとも思っていた。

この作戦に裏があると気付けるほど聡《さと》い人間はもうあたしの側に引き込むか、あるいは邪魔をしないように誓わせている。

そうとわかっていてこの台詞《せりふ》なのだから、あたしもたいがい性格が悪い。

「先ほどの貴女のように潔く頭を下げるというのも、ある程度は有効でしょう。さすがのわたくしも心が揺れました。ですが、引き下がるつもりはありません。ベルナデットにも言いましたが、わたくしとて本気で今回の事に挑んでいるのです。貴女の誠意を踏みにじってでも、目的を完遂するつもりですわ」

あたしがキッパリ言い切ると、リディアーヌは複雑な表情を浮かべた。

「ミシェイラ様のお気持ちはよくわかりました。そしてミシェイラ様の目的はゲームに勝つ事ではなく、別のものなのだという事も」

これには本気で驚いた。

あたしの目的は別のところにあると、どうして気付けたのだろう。

「もし陛下のご提案されたゲームに勝つべく、わたくし達と本気で競い合っておられるのであれば、先ほどのようなアドバイスはしてくださらなかったはずです。わたくしの甘さを指摘して叱咤《しった》するのみならず、わたくしがやる気をなくしてしまわないよう、お褒めの言葉を交えてくださった。まるでわたくしを導こうとなさっているかのようです。それはミシェイラ様の目的が、全く別のところに存在する証拠ですわ」

どうやらリディアーヌはあたしを冷静に見ているようだ。

真の目的が他にある事にまで気付かれてしまうだなんて、まずったなぁ。

「ミシェイラ様の目的が何なのかは全く想像できません。ですが、その目的のためにこれほど強硬な態度を取られているのだという事だけは理解しました。その目的が何かを理解した上で対策せねば、この状況を打破する事はできないのですね」

あたしはちょっと考えてから、ニッコリ笑ってみせた。

「ぜひわたくしの目的を理解し、そして対策してみせてください。楽しみに待っていますわ」

どうせ残りの期限は一週間と少し。それにあたしの目的の大半は既に達成できている。

捜査はもう終盤で、やるべき事は残りわずか。

政府内の軋轢《あつれき》もほぼなくなっている。

こんな状況なら、リディアーヌがあたしの真の目的に気付いても、大した影響はない。だったらリディアーヌの闘争心に火をつけて、ちょっとでもやる気になってもらうのが得策というものだ。

少なくともあたしなら、この場面でやれるものならやってみろなんて言われたら相当ムカつくし、絶対に負けるもんかって思うはず。

これでリディアーヌが大化けしてくれたら面白いし、あたしも頑張った甲斐《かい》があるというもの。

彼女には、ぜひあたしという壁を打ち壊して欲しい。

まあ、ハッキリ言って張りぼての脆《もろ》い壁だけどさ。


昼間のリディアーヌとの会話で生まれた清々《すがすが》しい気分も、その日の夜には吹き飛ぶ羽目になった。

あたし、ジュール、アルノーの三人で、恒例の打ち合わせをしていた時の事だ。

ジュールからの報告を耳にしたあたしは、思わず顔をしかめた。

「気付かれてしまいましたか……」

捜査対象——つまり国家反逆者であるサフラスタン商人に気付かれてしまったらしい。

相手が上手《うわて》なのか、それともこちらが未熟なのか。

「捜査をカムフラージュするためとはいえ、我々はかなり派手に行動していましたので、遅かれ早かれ気付かれるのはわかっていました」

「特に問題はないのですか？」

あたしの質問に、ジュールは基本的にはないと答える。

「ある程度の証言や物証は集まっていますので、捕縛するだけなら今すぐにでも可能です。しかし決定的な証拠がない以上、反逆罪に問うのは難しいところですね」

「せっかくここまで頑張ったのに、それは残念ですわね。けれど捕縛できるというのなら、他に何の問題があるのですか？」

「証人を消される可能性があります」

さらっと、とんでもない事を言い出したぞ。

「消される？　街の宝石商達がですか？」

「その者達については捜査が完了していますので、今更消される事はないでしょう。消される危険性があるのは、まだ証言をとっていない者達や、商人の知られたくない情報を握っている者達です」

ジュールは淡々と口にする。

「わかっているのなら、その人達を保護すればよろしいでしょう？」

「その通り。ですので、ご協力願います」

そんなわけで、あたし達は夜遅くまで証人保護作戦のプランを練った。


作戦は翌日の早朝から開始された。

あたしは散歩を装って城下街――サタレンの旧王都へやってきた。普段なら城郭《じょうかく》内を歩くだけだけれど、今日は気分転換のために城下街まで足を延ばしたという筋書きだ。

散歩の目的地は、この街一番の宿。

そこに今回の事件の主犯であるサフラスタン商人が宿泊している。

数日前からサタレンに来ていた彼は、あたし達の一連の行動を見て、目的が自分にあると気付いたらしい。それ以来、何やら朝から晩まで精力的に動き回っているという。

そんなわけで、彼がこちらの行動を妨害してくる前にそれを封じるため、こうしてやってきたのだ。

今日の作戦は、商人が朝早く宿から出てきたところを襲撃するというもの。

宿屋の近くに馬車を停めてタイミングを見計らい、偶然を装って商人に近づく手はずになっている。

あまり長々と停めていたら不自然なので、早く出てきてくれるといいんだけど……と思いながら、あたしは待機場所に向かっていた。

すると宿の傍《そば》で商人を見張っていたはずの、アルノー隊の隊員がやってきた。

彼の報告によると、ターゲットは既に宿を出てしまったという。

かなり早朝に出てきたというのに、まさか出遅れてしまっただなんて！

あたし達は急遽《きゅうきょ》予定を変更して商人を追いかけた。

商人が向かったという方角から目的地に当たりをつけて、先回りするように馬車を走らせる。

「いました！」

しばらく馬車を走らせると、御者《ぎょしゃ》がそう叫んだ。

窓から外を見れば、一人乗りの馬車を操る年配男性がいる。

その馬車はこの街に限らず、多くの街で貸し出されているタイプのものだ。たくさんの荷物を積んだ大きな馬車で街中を走るのは大変なので、裕福な商人を中心にああいった小型の馬車が利用されている。

「いかがなさいますか!?」

「馬車をぶつけなさい！」

そのあたしの命令に、一拍置いて返事があった。

「っ、本気ですか⁉」

「もちろんです！　ただし貴方が怪我をしてしまわないよう、十分に気を付けてください」

「……承知しました」

返答の声は落ち着いていて、御者が冷静である事が窺《うかが》えた。

ジュールやアルノーがこの場にいたら止められそうだけど、今、二人は事情があって別行動をしている。この御者役の青年をはじめとする下《した》っ端《ぱ》騎士達は、全員がやる気満々。ノリがいいだけでなく、思い切りもいいらしい。

あたしは座席にしがみついて衝撃に備えた。

直後、馬車が急旋回したのか振り回されるような感覚があり、その少し後にガシャンという耳障りな音と強い衝撃があった。

座席にしがみついていたにもかかわらず、耐えきれず床に倒れ込んでしまう。

「いっつう……」

あたしは小さくうめきながら立ち上がった。

身体を強か《したた》に打ちつけてしまったけれど、骨折などの大きな怪我はなさそうだ。

「妃殿下、ご無事ですか⁉」

御者の声が馬車の外から聞こえてきた。

「だ、大丈夫。貴方は？」

そう言いながらドアを開けようとしたけれど、今の衝撃でゆがんでしまったらしく、なかなか開かない。

「失礼します！」

その声と共に、ドアが外から開けられた。

外に出たあたしは、真っ先に自分達の馬車の損害を確認する。

馬は無事、御者《ぎょしゃ》も無事、馬車もちょっと傷ができたくらいで使用に支障はなさそう。

よし、上出来だ。

商人の方はどうかと見やると、そちらの馬車は横転していて、ひどい有様だった。

乗っていた商人は路上に投げ出されたらしく、腰をさすりつつ起き上がろうとしている。悪運が強いのか何なのか、大きな怪我はなさそうだ。

あたしは足早に商人のもとへ向かう。身体が痛いおかげで自然と不機嫌顔になっていた。

「わたくしの馬車にぶつかってくるだなんて、いい度胸をしているわね」

両手に腰を当てて仁王立ちで告げると、商人は顔をしかめた。

「そちらからぶつかって……」

「お黙り！　わたくしが通るというのに、脇に避《よ》けないのが間違っているのです」

どこの大名様かという偉そうな台詞《せりふ》だ。

そう内心で突っ込みを入れてしまうくらい馬鹿な発言をしているという自覚はある。

「この無礼者をひっとらえなさい！」

あたしの命令を受け、護衛の一部が動いた。

あくまで一部であり、全員ではないのがミソだ。しかも動いた二人はヒョロッとしていて、あまり強そうには見えない。

彼等は商人を手荒に立ち上がらせたはいいものの、さてどうやって連れていくかと、本人そっちのけでコソコソと相談を始めた。

あたしはわざとらしくフンと鼻で笑い、馬車の方へ戻る。他の護衛達もついてきたので、商人の傍《そば》に残ったのは例の油断しきった弱そうな騎士達だけ。

そうなったら、商人が取るべき行動は一つだろう。

「あっ、待て！」

「どこへ行く!?」

わざとらしいその声に、馬車に乗り込もうとしていたあたしは振り返った。

見れば商人が騎士達の手を振り払い、逃げ出したところだった。

そのまま走って逃げるかと思えば、何と馬車に繋がれていた馬の綱を外して、その背中に飛び乗る。

鞍《くら》がついていない裸馬《らば》だから安定しないようで、今にも落ちそうな無様な後ろ姿がどんどん小さくなっていく。

意外といい逃げっぷりじゃないか。

あらかじめ打ち合わせてあった通り、数人の護衛が馬に乗って商人を追跡する。つかず離れず跡を追い、商人がどこに逃げ込んだかを確認するのが彼等の役目だ。

あたしは馬車に乗って、彼等をゆっくり追いかけた。


商人が逃げ込んだのは、城郭《じょうかく》からほど近い邸宅だった。

あたし達が到着した時には、既に騎士達と住人との間で、商人を出せ出さないの押し問答が始まっていた。

実は、ここで商人を捕まえる気はない。

商人には身動きが取れなくなってもらえればそれでいいのだ。つまり自主的に引きこもってもらうための作戦なのである。

屋敷の主は大臣の一人で、一地方の領主でもある人物だった。

とても立派な御仁《ごじん》だと思っていた彼が、件《くだん》の商人と通じていたとは意外だった。

「妃殿下、これはどういう事ですか？」

目の下に隈《くま》を作った彼――カルステン・ゲッフェルトは、不愉快そうに言う。

「わたくしの乗る馬車にぶつかってきた不届き者を追いかけてきましたの。その者がここにいる事はわかっています。今すぐ引き渡しなさい」

カルステンは眉間《みけん》にグッと皺《しわ》を寄せた。

「たかが馬車をぶつけただけで連行しようというのですか？」

「たかがですって？　わたくしの馬車にぶつけたのですよ？」

「相手が誰であろうが、法的な根拠に基づいて処理されるべき事案です。双方怪我らしい怪我もないような軽微な事故であれば、尚更です。それでも連れていくというのでしたら、その法的根拠を教えていただきたい」

あたしはフンと鼻を鳴らした。

「法的根拠など無用。わたくしが引き渡せと言っているのですから、それで十分ですわ」

我ながら、いかにも残念な頭をした人間の発言って感じだ。けど、本当に商人を引き渡されたら困るし、あたしがいなくなった途端に商人を逃がされても困るので、カルステンが商人をしっかり保護せねばと思ってくれる程度にはごねておかねばならない。

カルステンは首を横に振った。

「全く話にならない」

普通なら腹を立てるべき発言だけど、自分でも無茶苦茶だなと思っているから、同情を覚えこそすれ怒りは湧いてこなかった。

「法的根拠を示してくだされば、ご要望通り彼を引き渡しましょう。私はこれから出かけなければなりませんので、今日のところはお引き取りください」

彼はそう言って、あたし達を追い出しにかかった。

「いいでしょう。今日のところは引いておきます。……必ず後悔しますわよ！」

最後のところは声を張り上げて言った。

商人の姿が建物の奥からチラチラ見えていたので、彼に聞こえるように言ったのだ。

「後悔なさるのは妃殿下の方でしょう」

カルステンは諦《あきら》めたように言った。

あたしは大人しく門を出て、先ほどの馬車へ乗り込む。それを見届けたカルステンは、自らの手で屋敷の門を外側から閉めた後、そのまま歩き去った。

彼の向かう方角には城郭《じょうかく》があるので、これから出勤すると見える。

まだ出勤するには早い時間なので、元々通常より早く出勤して少しでも仕事を進めておこうと思っていたに違いない。それなのにあたし達に押しかけられて、さぞや迷惑した事だろうな。


カルステンとのやり取りの後、あたしは馬車を猛スピードで走らせて、昼過ぎには城郭から遠く離れた村に到着した。

ここが今回の作戦のメインステージだ。ジュールやアルノー、そしてアルノー隊の大部分は昨晩のうちにこちらへ移動している。

いつもは長閑《のどか》であるはずのその村は、あたしが到着した時には、既に混乱の坩堝《るつぼ》に叩き落された後であった。

移送車に無理やり押し込められて大泣きする子供。真っ青になって震えながら、幼いわが子を抱きかかえて移送車の順番待ちをする女性。大人の男性は彼等とは別の場所に集められている。

そこから少し視線を転じれば、農耕器具を武器にアルノー隊に立ち向かう人々の姿があった。

既に数十人の村人達が移送用の馬車に乗せられ、この村を離れている。今、村に残っているのは七十人程度だろうか。

このどこにでもありそうな自然豊かな村は、まさに阿鼻叫喚《あびきょうかん》の真っ只中にある。

あたしが作り出した状況だけど、見ていて嬉しい光景ではない。暴君らしくふんぞり返りつつも、村人達を直視できずに目が泳いでしまう。

ああ、胸が痛い。

もし暴君の演技をする必要がなければ、きちんと理由を話すのに。

彼等のために演技を捨てるべきかとの考えが、ほんの少し脳裏をよぎった。

村人達が収容されるのは、スパディーニ元将軍が入れられていたのと同じ、あの建物になるだろう。とはいえ重罪人用の地下牢ではなく、地上部分にある普通の牢だろうけど、牢である事に変わりはない。

あんな気分の悪い場所に放り込まれるなんて気の毒で仕方ないが、警備が厳重で商人の刺客は近寄れないから、村人達の安全は確保できる。

けれど、もし暴君としての演技をやめたら、彼等を収容するのは普通の宿泊施設になる。そんな場所では、安全は確保できない。

劣悪な環境だけど安全な牢獄と、不自由はないけど危険な宿泊施設。あたしは彼等のためだからと思い、勝手に安全な方を選んだ。

村人達の嘆きを聞くたびに胸がつぶれるような思いがするのは、単なる感傷だ。

下手を打って彼等を危険にさらした張本人であるあたしが罪悪感を抱くなんて、おこがましいにもほどがある。

「この村の責任者があちらにおります」

ジュールに促され、あたしは悲惨な光景から逃れるように移動した。


村長宅に案内され、こぢんまりとした応接室で村長本人と対面する。

「このようなひなびた村へ足をお運びくださり感謝いたします」

穏やかで落ち着いた挨拶《あいさつ》は、村の惨状を考えればありえないものだ。

実はこの村長、今回の件の協力者で、あたし達の作戦内容を把握しているのである。阿鼻叫喚《あびきょうかん》の村人達とは違い、一人落ち着いているのも当然だった。

「しばらくは村の者達に不自由な思いをさせてしまいますが、それもしばしの辛抱です。彼等がなるべく早く戻ってこられるよう手を尽くしますわ」

あたしが言うと、村長は頭を下げた。

「ありがとうございます。ですが、お気になさらず。この状況は我ら自身が招いた事ですから」

疲れたような口調で言われ、あたしは意外に思った。

問答無用で巻き込まれたのだから、もっと怒っていてもよさそうなのに、なぜだろう？

「これが前サタレン王の支配下であれば、この程度の騒ぎでは収まらなかった。村民全員が惨殺《ざんさつ》されるか、あるいは激しい拷問の末に奴隷として働かされていたでしょう。だからこそあの商人に関わってはならないと、村の者達に言い続けてきました。それでも金に目が眩《くら》んだ一部の者達が、隠れて悪事の片棒を担いだ。その代償がこの程度で済んだのは僥倖《ぎょうこう》というものです」

村長は諦《あきら》めにも似た口調で言った。

それに補足したのはジュールだ。

「もし妃殿下が密かに捜査を行い、村人達を保護するべく行動なさらなければ、何人かは口封じのために殺されていたでしょう。それに妃殿下がここで捕縛を命じなくとも、村人達はいずれ国家財産隠匿《いんとく》の罰を受ける事となります。土地や財産などが没収され、着の身着のまま国を追われかねないのです。今回の騒動は、妃殿下による処罰と見なす事もできます。仮にでも処罰を受けたとなれば、先ほど述べたような重い処罰を命じられる事はないでしょう。言うなれば今回の件は、この村にとっては理想的な展開です」

ジュールの言葉に、あたしは少し救われたような気がした。

結果的には村人達のためになるというのならば、やった甲斐《かい》があったというものだ。

「それにしても、いつの間に村長と話をしていたのですか？」

この疑問にもジュールは淡々と答えてくれた。

「妃殿下が帝都で待機なさっている間に、馬を飛ばして会いに行きました。それ以降の打ち合わせは彼の方から足を運んでもらいましたが」

「まあ、相変わらず用意周到ですこと」

あたしは今度は村長の方に問いかけた。

「なぜ彼に協力する気になられたのですか？　怪しいとは考えなかったのですか？」

村長はあたしの言葉に頷いた。

「怪しみましたし、しばらくは半信半疑でした。だから最初はどのような裏があるのかと探るために応対していたのです。しかし、少し前から明らかに風体のおかしい人間が村の周りをうろつき始めたので、彼の話は事実なのだと理解しました。同時にこのまま手をこまねいていれば、村人に危害を加えられる日も遠くないと確信したのです」

「村人達に商人との縁を切らせればよいとは考えなかったのですか？」

「私は誰が商人と通じているのかはっきりとはわかりませんし、今更そんな事をしても手遅れでしょう」

確かに、捜査は既に佳境に入っている。ここで村人が手を引くと言っても、商人は許さないだろう。

どうして村人達が狙われている事にジュールが気付けたのか、商人に察知されたとわかったのか不思議でならなかったけれど、このやり取りであたしはようやく理解した。おそらくこの村長が知らせてくれたのだろう。

話題が一段落すると、村長は紹介したい者達がいると言い出した。

あたしが訝《いぶか》しく思っていたら、村長は扉の向こうへと声をかける。

「入ってきなさい」

村長の言葉を受けて入ってきたのは、まだ青年と呼ぶには早い男の子から壮年の男性まで、年齢がバラバラな集団だった。

「彼等に話したのですか？」

ジュールの言葉に村長は頷いた。

「私一人の胸の内にしまっておける内容ではありません。もちろん、商人と関係が疑われる者は含まれていませんよ。この者達はぜひ協力したいと意欲を見せています」

「商人に気付かれるのがやけに早いと思っていたが、お前達が情報を流したんじゃないのか？」

アルノーの言葉を、村長は滅相もないと否定した。

けれど、アルノーはなおも言い募《つの》る。

「村長殿は誰にも話していないだろうが、そちらの者達も同じとは限らない。この場にいる人間以外にわずかでも情報を漏らした者は名乗り出ろ」

男性達は顔を見合わせる。

そのうちの一人、二十代半《なか》ばくらいに見える青年がゆっくりと手を挙げた。

「お前、決して誰にも話すなと、あれほど言ったではないか！」

村長の怒声が飛び、青年は小さくなる。

「すんません！　俺、マテウスの奴があの商人に加担しているなんて、どうしても信じられなくて……」

「それで、そのマテウスという者を問い詰めたと。彼は何と答えたのですか？」

ジュールが冷え冷えとした声で問うと、青年はしょんぼりしながら言う。

「あいつは何も知らないと言って誤魔化《ごまか》しました。でも長い付き合いだから、本当はやったんだろうなってわかったんです」

「貴方の不用意な発言が今の状況を招いたのだと、自覚してもらいたいものですね」

このジュールの発言を受けて、それまで戸惑った様子を見せていた他の男性達が、刺々《とげとげ》しい眼差しを青年に向けた。

「他にはいないか？」

アルノーが男性達にもう一度訊《き》いたが、他に名乗り出る者はいなかった。

「彼のように、うっかり話してしまう者もいます。また、この中に敵の手の者が潜《ひそ》んでいないとも限らない。ですのでこれから貴方達には、身の証《あかし》を立てていただきます」

ジュールの言葉に反対する者はいなかった。

身の証を立てる方法はこうだ。自分は潔白であり、商人との繋がりは一切ないと宣言してもらう。そして、それを魔力を持った第三者が裏付けるのだ。

もし嘘の宣言をしてしまうと、その人に身体的な不調が発生する。そうしたら嘘だとわかるし、罰にもなるしと一石二鳥なのである。

それを説明したところ、村の男性陣は動揺し始めた。

「……実は俺も親戚に話しました。でも、特に不審な反応は見せませんでした」

「……俺も家内に話しました」

と、数人が自己申告したのだ。

こうなると誰のせいで商人に気付かれたのか、断定はできない。まあ、その辺はジュールとアルノーが調査をして、しっかり突き止めてくれるだろう。

そして宣言と魔力による裏付けの両方が行われた結果、誰一人として身体の不調を訴える者はいなかった。

この男性達は村に残るというので、盗難や家畜の世話などの心配はいらなくなったのだった。


村の人口は百人ほどで、そのうち二十人少々が残留するため、約八十人が旧王都へと移送される。準備ができたグループから順次移動させているけれど、まだ半数近くが残っていた。

全員が旧王都に到着する頃には、夜半を超えているのではないだろうか。なるべく早く移送を完了させて、村人達には安全な場所に入ってもらいたい。

村長宅でしばし疲れた身体を休ませてもらっていたあたしは、様子を確認するため外に出た。

「ジュール、移送は順調ですか?」

「予定より早めに進んでいます。もう少しすれば全員が出発できますよ」

それは良かったと、あたしは彼と微笑み合う。

「それにしても、そもそもなぜ商人はここに鉱脈があると気付いたのでしょうね」

あたしはここに来てからずっと疑問に思っていた事を口にした。

この村はサタレンの中でもかなり田舎にある。サフラスタンの商人がわざわざ訪ねてくるような場所とは思えない。

「この村から東にしばらく行くと道が分岐しています。そこから南下すればサフラスタンに入れるのですよ。途中からは獣道《けものみち》ですが、かろうじて馬車が通れるだけの広さがあります」

「なるほど。この村は不法な国境越えのルート上にあるのですね」

それでたびたび通過しているうちに、宝石の原石が採れると気付いたに違いない。

「ですから鉱床がこの近くにあるはずなのですが、巧妙に隠されているのか、我々はまだ見つけられずにおります」

悔しそうなジュールの言葉に、あたしはさもありなんと頷く。

「鉱床が見つかれば、今は無法者の抜け道でしかないそのルートも、正式な街道として整備されるかもしれませんね」

「はい。確実にそうなります」

ジュールに断言されると、本当にそうなるような気がしてくる。

「では、この村にも大勢の人が行き来して、きっと立派で大きな街になる。将来が楽しみですわ」

まったくですと頷くジュールと二人、ほんわかとしていた、その時――背後から鋭い声が上がった。

「危ない！」

その声に振り返ると、眼前に大きな石が飛んできた。

あたしは反射的に腕を上げて顔を庇う。

だが、ガツッと鈍い音と共に、石がこめかみの少し上に直撃した。

一瞬視界が暗くなり、気付けば地面に尻餅をついていた。

「～～～っ」

あたしは手で頭を押さえて悶絶《もんぜつ》する。凄《すさ》まじく痛い。言葉にならないほど痛くて、生理的な涙がにじんだ。

「衛生兵を呼べ、早く！」

アルノーの声がすぐ近くから聞こえる。

そして遠くからは悲鳴のような声や、人が地面に引き倒されるような音が……

あたしはハッとした。

石を投げた人間を、護衛達が取り押さえているのだ。もしかしたら、問答無用で切り捨て御免という事になるかもしれない。

となれば、痛みに構ってなどいられない。何としても止めねば！

あたしは頭を押さえているのとは反対の手を地面について、よろめきながらも立ち上がる。そして、音のする方へと必死に歩き始めた。

けれど、数歩進んだところで誰かがあたしの前に立ち塞《ふさ》がり、進めなくなってしまう。

「妃殿下、動いてはなりません」

そんな言葉が上から降ってきた。

見なくてもわかる。アルノーだ。彼の立場では、あたしを危険な人間の傍《そば》に近寄らせるわけにはいかないだろう。

これ以上進むのは無理そうだと思ったあたしは、彼の身体の横から覗《のぞ》き込むようにして、今現在どんな状況になっているのかを確認した。

一人の少年が、騎士達に数人がかりで取り押さえられている。

身長は多分あたしより高いけど、顔立ちはまだあどけない。護衛に殴られたのか、唇は切れて血がにじんでいた。

「申し訳ございません！　子供のした事です。どうか罰するなら私を罰してください。お願いします！」

村人達の中から青ざめた女性が飛び出してくる。

すると、アルノーが鞘《さや》に入ったままの剣で彼女を殴りつけた。

「母ちゃん！」

少年が悲痛な声で叫んだ。

すぐさま手の空いていた騎士が女性に走り寄る。その騎士の手には、抜身の剣が握られていた。

「やめなさい！」

あたしは感情的に怒鳴った。

ただ警告の意味を込めて抜剣《ばっけん》しただけかもしれないけど、あたしには彼が女性を問答無用で斬ろうとしているように見えてしまったのだ。

「ここで痛めつける必要はありません。彼等の処罰は帝都に戻ってからです」

「よろしいのですか？」

アルノーの言葉に、あたしは頷いた。

「無用な苦痛を与えるのは本意ではありません」

「今更善人ぶるのかよ！　何もしてない俺達を、力ずくで言いなりにさせようとしているくせに！」

その少年の叫びは、とても耳に痛かった。

全くもってその通り。本当に今更だ。

罪のない村人達は手荒に連行されて、しばらくは精神的に辛い思いを強《し》いられる。

これは見通しが甘かったあたしの責任だ。

「……連れていきなさい」

あたしはただ一言、そう命じる。

少年とその母親は縛り上げられ、どこかへ連れていかれた。

二人が目の前からいなくなった途端に気が抜けて、こめかみの痛みがぶり返してくる。

足元がふらつき、思わず地面に膝をついてしまった。

「妃殿下、ご無理はなさらないでください」

アルノーが心配そうに声をかけてくる。

「大丈夫です」

あたしはニッコリと微笑み、頭を押さえていた右手を離す。それを何気なく見下ろして、思わず凍りついた。

右手が血で真っ赤に染まっていたのだ。

俯《うつむ》きがちになった事で、額から流れてきた血が地面にボタボタと落ちる。

それに驚いたあたしは、今度は両手で患部を押さえた。

「妃殿下、手をどけていただけますか」

アルノーの落ち着いた声を聞いて、動揺が少し収まる。

彼の指示に大人しく従い、あたしは両手を離した。

「切れてしまっていますね。大きな傷ではないものの深そうなので、おそらく縫わねばならないでしょう」

その言葉と共に、何か柔らかいものが患部に押しつけられた。

「ご気分はいかがです？　吐き気などは？」

「気分は悪くありませんわ」

クルクルと包帯のようなものを巻かれる。傷はこめかみのすぐ上なので、包帯が目にかかりそうで鬱陶《うっとう》しい。

応急処置が済むと、あたしは自力で立ち上がった。

覚束《おぼつか》ない足取りで村長宅に入り、自分に治癒《ちゆ》魔法を使おうとする。

だが、ジュールとアルノーの二人に止められてしまった。自分で自分を治療するなんて危険極まりないというのが彼等の主張だ。

確かに患部を直接目で確認できないまま術を使って治すだなんて、危険だとは思う。だけど頭に鬱陶しい包帯を巻いた状態で長時間馬車に揺られるなんて嫌だし、この近辺には安心して治療を任せられる医者もいないのだからしょうがない。

そう主張したら、二人は渋々承知してくれた。

「ご自身で治療していただくのは結構ですが、後で必ず医師の診察を受けてもらいます。よろしいですね？」

「わかっていますわ」

「そういえば、明後日はグラント殿の授業がありますね。その時にしっかり診《み》てもらってください」

「彼に診てもらうと、リオールの王宮にこの怪我の事を知られてしまいます」

あたしはそう反論した。

「隠す方が後々問題になるでしょう。むしろ早めに明かした方が得策というものです」

そんなものなのかと思いつつ、あたしは頷いた。

グラントは最も信頼する医師の一人だ。彼に診てもらえれば、あたしとしても安心できる。

話がついたところで、鏡を使って患部を確認しながら術をかける。傷はあっという間に塞《ふさ》がり、我ながら見事だと心の中で自画自賛してしまう。

髪についた血のりを落とすためにお風呂に入ったり、血のついたドレスを脱いで村長の奥方から借りたワンピースに着替えたりしてから村を出た。

先に村を出ていた村人達に、旧王都の手前でようやく追いつき、夜遅くに彼等と共に城郭《じょうかく》へ入る。

城郭内はハチの巣をつついたような大騒ぎとなった。丸一日留守にしていたあたしが大勢の虜《りょ》囚《しゅう》を引き連れて帰還したのだから、当然の反応である。

そんな中、強引に収容手続きを進めていると、例の商人を自身の屋敷に匿《かくま》った大臣のカルステンが、怒り心頭といった体《てい》で詰め寄ってきた。

「今度はあの村人達をどういう理由で収容などなさるのですか!?」

「あら、決まっているでしょう？」

あたしはわざと嫌味に聞こえるように言った。

「彼等はあの商人と懇意《こんい》にしているそうです。ふふ、自分のせいで大勢の人間が投獄されると知った商人がどのように反応するのか、直接見られないのが残念ですわ」

証人を保護されたと悟った商人は、きっと慌てふためくだろう。まあ、カルステンはあたしの言葉を別の意味にとらえただろうけどね。

「何と……何という理由で……」

カルステンは目を大きく見開いた。

そしてあたしを強く睨《にら》み、吐き捨てるように言う。

「見損ないましたぞ！」

あたしはクスリと嗤《わら》う。

「この状況をどうにかしたいのでしたら、わたくしを顧問《こもん》という地位から追い落とし、権力を取り上げる以外にありません。ふふ、早くそれが叶うとよろしいですわね？」

それだけ言うと、あたしはカルステンに背を向けた。

村人全員を収容し終わった頃には、空の端がうっすら明るくなり始めていた。

随分と無茶をしたが、これで彼等の安全だけは保障できる。

そろそろ暴君演技も苦しくなってきたし、予算的に村人達をあまり長く牢に入れ続ける事はできないし、早くケリをつけねば。

そう思い、あたしはある事を決意した。

夜が明けた後、一日の終わりの打ち合わせの場で、その決意をジュール達に表明する。

「もうじきベルナデット達に命じた仕事の期日が来ます。あれだけ無理をしているのですから、きっと期日に間に合わせてくるでしょう。彼等が計画書を提出しに来たら、わたくしは今回の件について打ち明けようと考えています」

あたしの宣言を受けて、ジュールはしばし考え込んだ。

アルノーはジュールと違い、即座に賛成してくれる。

「そろそろいい頃合いでしょう。私も彼等に話すべきと考えます」

軽薄な格好をしていながら、真面目な口調で彼は言った。未だに違和感があるけれど、見た目通りの口調で話されるよりはだいぶマシだ。

「……未だ鉱脈は見つかっていませんが、証拠はほぼ揃いましたし、話していただいても問題ないでしょう。むしろ捜査の事を例の商人に察知された今、ここらで打ち明けて大臣等の協力を得たいところです」

ジュールも考えがまとまったのか、そう言って賛成してくれた。

「ですが、妃殿下はそれでよろしいのですか？」

そうか、ジュールが少し渋っていたのは、あたしを慮《おもんぱか》っての事だったのか。

「議会を混乱させるというわたくしの目的は、十分に達成できたと認識しています。初めはサフラスタン出身者と元サタレン出身者で分かれて行動する姿が目につきましたが、最近は出身地にかかわらず活発に会話し、共に行動しているように見受けられますので、陛下から出された条件も達成したと見て問題ないでしょう」

あたしの言葉に、ジュールはしっかりと頷いた。

「わかりました」

「もちろん、彼等が計画書を持ってくる前に鉱脈を発見し、犯罪の決定的な証拠を押さえるのが一番だとは思いますけれど……」

あたしの発言を聞いて、アルノーが笑みを含んだ声で言った。

「それは私が頑張るべき事ですね。妃殿下のためにも、部下達には死に物狂いで働いてもらうとしましょう」

アルノー隊の人達はサタレンに到着して以来、かなりハードな任務に明け暮れている。今以上に働かせようとしているだなんて、何という鬼上司だろうか。

他人事みたいに言うのもどうかと思うけど、彼の部下達が哀れだな～なんて感想を抱いてしまった。

その日の夜中、外が妙に騒がしいのに気付いて、あたしは目を覚ました。

窓から様子を窺《うかが》うと、真夜中だというのに武装した人達が城郭《じょうかく》の外を走っている。

どうも目的地は牢の方みたいだ。

もしや村人達に何かあったのでは？

あたしは居ても立ってもいられず、様子を見に行く事にした。

寝巻から普段着に素早く着替え、いざ出陣。

しかし扉を開けたところで、寝ずの番をしていた騎士に止められてしまった。

スゴスゴと部屋に戻り、悶々《もんもん》としながら窓の外を眺める。しばらくして、何人かの人達が医務棟の方へ走っていくのが見えた。

どうやら怪我人が出るような事態が起きているらしい。

怪我とくれば、あたしの出番である。

立ち塞《ふさ》がる騎士を強引に説き伏せて、あたしは医務棟へ駆けつけた。

そこにはアルノーとジュールの姿があった。

「怪我人がいるのですね？　わたくしに診《み》せてください！」

二人が制止の声を上げるより先に、あたしは診察台の前へと進み出る。

診察台の上には二十代半《なか》ばくらいの青年がぐったりと横たわっていた。殴る蹴るといった暴行の跡が身体のあちこちにある。

だけど何よりも目を引くのは腹部の傷と、そこから流れ出るおびただしい量の血だった。

おそらく誰かに刺されたのだろう。

針と糸を手にして今まさに治療を始めようとしていた医師が、あたしに気付いてホッとした様子を見せる。

「お手をお借りできるのですか？」

「ええ。止血が先決のようですわね。どうすればよろしいかしら？」

体内のどの器官をどう修復すればいいのか細かく説明してもらったあたしは、とりあえず太い血管だけを術でつないだ。

これで血は止まるはず。

残りの治療については術を使うほどのものではないと言って、医師はごく一般的な手当てをしていった。

医師が治療をしている間に、あたしはジュールとアルノーから事情を聞く。

「つまり、先ほどの青年は何者かに手引きされて脱獄したものの、人気《ひとけ》のない場所に着いた途端に袋叩きにされ、あまつさえ刃物で刺されたというわけですね」

「その通りです。脱獄を手引きした者は取り逃がしましたが、待ち伏せして暴行を加えた者達は捕縛しております」

アルノーの言葉に、あたしは首を傾げた。

「いくら手引きする人物がいたとしても、警備は厳重なはずなのに、どうして脱獄なんてできたのかしら」

　これに答えてくれたのはジュールだ。

「警備兵の中には、村人達に同情している者が少なくありません。だから見て見ぬふりをしたようです」

「そう……。それにしても不思議ですわ。あの青年を襲撃したのはきっと商人の手の者ですわよね？　商人自身の動きは封じたはずなのに、どうやって襲撃させたのかしら？」

　村人を保護したのは昨日から今朝にかけての事だ。

　そんな短い間に襲撃を企《くわだ》て、人手を集めるのは難しいのではないだろうか。

「捕縛した者達を尋問したところ、何日も前から襲撃を計画していたようです」

　村人達が保護されるのを見越して人を集めてあったという事か。かなり用意周到だな。それとも元々は村を襲撃するつもりだったのを、急遽《きゅうきょ》作戦変更したのだろうか。

　そう話したら、ジュールからおおむね合っていると言われた。

「脱獄を手引きした者が、商人とのパイプを持っているようです。商人から言われるまでもなくあの青年だけは始末せねばならないと判断できるほど、商人の事情を深く知っているのでしょう。ここからは私の予測ですが、あの青年は鉱脈のありかを知っているものと思われます」

「それが正しいとすれば、襲撃者達はまたあの青年を狙ってくるのではありませんか？」

　この問いに答えたのはアルノーだ。

「おそらく彼が死なない限り、何度でも来るでしょう。ですから、彼はひどく痛めつけられて寝込んでいるという噂を流します」

「実際には回復した彼から証言を取って、裏付け捜査を進めると？」

「当然です」

「わたくしがやるべき事は？」

あたしの問いに、ジュールはキッパリと答えた。

「もうありません。帝都でごゆっくりお過ごしください」

ここにきて、いきなり戦力外通告か。

「妃殿下にお付けしている護衛を牢の警備に回すためです。今のままでは村人達を守りきれません。しっかりとした警備態勢が整うまで、帝都でお待ちいただきたいのです」

アルノーはジュールと違って、しっかりと理由を話してくれた。

あたしが残っても足手まといになるだけだろうから、素直に受け入れるしかない。

「承知しました。準備が整うまで帝都で待つ事にしますわ」


突然の戦力外通告にちょっと凹《へこ》みながらも、あたしは帝都に戻った。

ここはグラントの講義に集中する事で気を紛《まぎ》らわすしかない。

「……残念ながら、今回も失敗ですな」

グラントから手渡された試験結果を見て、あたしは思わずうなりたくなった。

この試験結果は、ハンドクリームの試作品の効能についてのものだ。

「香料の分量が多すぎましたか？」

「それもありますが、乳化剤を混ぜ合わせるタイミングが早すぎました。もう少し熟成させてから混ぜないと、十分な効能が得られません」

グラントは淡々と解説する。

「やり直し、ですね……」

あたしはガックリと肩を落とした。

今度こそ成功したと思ったのになぁ。

ハンドクリームを作るには、薬品の調合に関する基本的な知識と、この世界に元々存在する美肌用クリームのレシピを組み合わせればいい。

けれどなかなか上手くいかなくて、今のところ全敗中だった。匂いがきつすぎたり、手触りが悪すぎたり、いつまでもベトベトしていたりと、結果は様々だ。

ちなみに料理長からもらった薬木《やくぼく》を主成分にしており、足りない材料はアルフォートからもらったお小遣いで買っている。だから材料費は大してかからないけれど、こう何度も失敗するとさすがに気落ちしてしまう。

そんな中、思わぬ人物が乱入してきた。

「失礼いたしますわ！」

何とベルナデットが取りすがる侍女達を引きずりながら、ずかずかと部屋の中へ入ってきたのだ。

これにはあたしだけでなく、グラントまでもがポカンとしていた。

目の下に隈《くま》を作ったベルナデットは、そんなあたし達の様子に構わず、据わった目をして詰め寄ってくる。

可愛らしい顔が、まるで般若《はんにゃ》みたいになっていた。お怒り具合が手に取るようにわかって、非常に恐ろしい。

だけど、「どうしましたの？」なんて平和に問いかける事はできない。サタレンにいる時と同じように、彼女の前では暴君らしく傲慢《ごうまん》に振る舞わなければならないのだ。

グラントや侍女達の前でいきなり暴君に変身するのは抵抗があるけど、そんな事を言っていられる状況じゃない。

あたしは女優、あたしは女優と、心の中で自分に言い聞かせる。

「ごきげんよう、ベルナデット。お顔の色が優れませんわね」

ふてぶてしい表情を作ってベルナデットに挨拶《あいさつ》した。

「ええ、おかげさまで。毎日がとっても充実しておりますわ」

つまり、あたしのせいで寝る時間もないと言っているのだ。

そうなるように無理難題を押しつけたわけだから、当然だろう。

「それはようございましたわ。それで、今日はどのようなご用件かしら？」

「お訊《き》きしたい事がありますの」

ベルナデットは淡々とした口調で言う。今日の彼女は見た目こそ恐ろしいけれど、前回と違ってかなり冷静なようだ。

これはあたしとしても騙《だま》し甲斐《がい》があるぞ。

「訊きたい事？」

「ミシェイラ様は、一体何をお考えなのですか？」

もしやリディアーヌから、あたしには何か別の狙いがあると聞いたのだろうか。それとも罪のない村人達を捕縛したと知って怒鳴り込んできたのだろうか。

判断つきかねたが、あたしは余裕たっぷりにもったいぶって答えた。

「わたくしの望みなどご存知でしょう？」

「存じているからこそ訊いているのです。なぜミシェイラ様らしからぬ悪辣《あくらつ》な振る舞いばかりなさるのですか？　民を蔑《ないがし》ろにしてまで顧問《こもん》の任を降りたいのですか？」

ああ、これはリディアーヌから何も聞かされていないな。もし聞かされていたらこんな発言はしないはずだ。

なぜリディアーヌが話さなかったのかは疑問だけれど、ベルナデットが何も聞いていないとわかれば、あたしが取るべき対応は一つ。

「わたくしは顧問を辞めるためならば、どのような手立てだって使いますわ。ご存知でしょう？

わたくしは最悪姫ですのよ」

それを聞いて、ベルナデットは顔を強張《こわば》らせた。

「本気なのですね」

彼女は今、完全にあたしの策に落ちた。それが手に取るようにわかってしまった。

この瞬間のためだけに頑張ってきたといっても過言ではないから、すごく達成感がある。無性におかしくて、腹の底から笑いが込み上げてきた。

あたしはヒクつく口元をひきしめ——る事なく、大いに笑う。

ホホホという嫌味な高笑いだ。

「いつだってわたくしは本気ですわ」

「……よくわかりました。わたくしはこれにて失礼いたします」

硬い声で言うと、ベルナデットは部屋を出ていった。

彼女が部屋から十分離れたと思われるところで、あたしはブッフーと盛大に噴き出す。

そのままひとしきり笑い転げたら、ようやく気分が収まってきた。

「ミシェイラ様、楽しそうなところに水を差すのは気が引けますが、ほどほどにしておかれませ」

ゼイゼイと息を整えていたら、グラントにそう窘《たしな》められてしまった。

「大丈夫です。もう四、五日で片が付きますから」

あたしはクスクス笑いながら答える。

「やりすぎは逆効果ですぞ」

「ご心配には及びません。わたくしはハッピーエンドが好きですもの。誰も傷つけませんわ。ただし犯罪者以外は、ですけれど」

「犯罪者とご自身以外は、の間違いではありませんか？　私の診察が必要な怪我をするくらいには、危険な真似をなさっておられるのでしょう？」

実は講義に先立ち、グラントに例の怪我を診察してもらったのだ。問題ないと太鼓判を押してもらったけれど、かなり心配をかけてしまった。

「危険などありません。たまたま怪我をしただけですわ」

「怪我の事だけではありません。先ほどの女性の剣幕を見るに、ミシェイラ様の評価が不当に下がっているように思われますぞ」

あたしは微笑みを浮かべたまま言う。

「わたくしは他の誰のためでもなく、わたくし自身のためにやっているのです」

それを聞いて、グラントはヤレヤレと言わんばかりにため息をついた。

五　明かされる目的

「……見つかった⁉」

帝都で三日間過ごしてからサタレンに呼び戻されたあたしは、ジュールから驚愕《きょうがく》の事実を告げられ、素《す》っ頓狂《とんきょう》な声を上げてしまった。

アルノーはいつもの生真面目な顔で頷き、ジュールはニヤリと人の悪い笑みを浮かべている。ちなみに今は恒例の打ち合わせ中で、会議室にはあたし達三人しかいない。

「鉱脈を見つけたのは昨日の事で、現在はそこで採取した鉱石の鑑定中です」

「では、わたくしをサタレンに呼び戻したのは……」

「お察しの通り、鉱脈の捜索チームが戻ってきた事で、妃殿下の護衛に回す人員が確保できたためです」

ジュールはあっけらかんと言った。

必要になったから呼んでくれたのかと思いきや、余裕ができたからお情けで呼んでくれたのか。

憮然としてしまうあたしに、アルノーが淡々と説明してくれる。

「あの殺されかけた青年から得られた証言をもとに、三日前から捜索を開始したのです。我々は鉱物には詳しくないため、鉱石を見つけるのに少々時間がかかってしまいました」

宝石の原石なんてそうそう目にする機会はないだろうから、そりゃ苦労しただろうな。

「今日中には鑑定結果が出ます。それと同時に商人への捕縛命令が出されるでしょう」

「商人が捕らえられれば、村人達を解放できますわね」

「それは無理です」

アルノーが即座に否定した。

ジュールもそれに同意する。

「まだ商人の手の者達を捕らえていませんので、村人達を解放するのは危険です」

「もうしばらくは不自由な思いをさせねばならないのですか……」

罪のない人達を牢に閉じ込めておくのは、たとえ安全のためであってもかなり心苦しい。

「何か手はないのですか？」

「城郭《じょうかく》内にある別の施設に移すという手段もありますが、どうしても警備が緩《ゆる》くなるので安全を確保できません」

アルノーの返答を聞いて、あたしはうなだれた。

「襲撃犯達の捜索の方はどのような状況なのですか？」

「あれ以降は姿を見せないので、暗礁《あんしょう》に乗り上げています。もしかしたらサタレンを出て、帝都に向かっているかもしれません」

「なぜですか？」

「帝都にある証拠品を隠滅して言い逃れしようと画策している可能性があります」

「この期《ご》に及んで言い逃れできるものなのですか？」

あたしの疑問にジュールが答えた。

「無理ですね。帝都にある店舗の帳簿類を消そうとしているのかもしれませんが、それがなくとも十分な証拠が集まっています。それにサタレンから帝都までの道々に網を張ってありますので、もし本当に帝都に向かっているとすれば、捕縛は時間の問題でしょう」

時間の問題だから気にするなと言いたいのだろうか。まあ何にせよ、あたしがいくら気を揉《も》んでも仕方がないのは確かだ。

そう思った瞬間、会議室の扉が勢いよく開かれた。

驚いて振り返ると、リディアーヌを先頭に大勢の大臣達がぞろぞろと入ってくる。その中には、もちろんベルナデットもいた。

全員がピリピリした空気を放っていて、実に物々しい雰囲気だ。

つい気圧《けお》されてしまったけれど、あたしは努めて平然と問いかけた。

「これは皆様。お揃いでいかがなさいました？」

リディアーヌがあたしの前で立ち止まり、紙の束を突き出して堂々と宣言する。

「都市計画書が完成いたしました。ミシェイラ様のご指示は計画書を完成させる事であり、それを提出する事ではありませんでしたよね？　もしお受け取りになりたいのでしたら、この計画書と引き換えに、不当に捕らわれている者達を解放してください」

なるほど、そう来たか。

「よろしいですわよ。その計画書の中身が真っ当なものであれば、牢にいる者達の身柄を引き渡しましょう」

あたしはあっさりと了承した。

「っ、わたくしは本気で申し上げているのですよ!?」

嘘だと思ったのか、リディアーヌは厳しい口調で言う。

「わたくしとて本気です。真っ当な計画書でなければ、取り引きに応じるつもりはありませんわ。期日は明後日のはずですが、ちゃんと完成しているのでしょうね？」

あたしが疑ってみせると、リディアーヌはムッとした。

「当然です」

その返答に、あたしはニッコリ微笑む。

「では、内容を説明してください。それで不備がないと確認できたら、お約束通り彼等の身柄を引き渡しましょう。わたくしの名に誓ってお約束いたしますわ」

リディアーヌや大臣達は、都市計画の概要をあたしに向けてプレゼンしてくれた。

それを聞き終わると、あたしは笑顔で拍手をする。

「素晴らしい。わたくしには文句のつけようのない計画書に仕上がっています。この短期間で、よくぞここまでのものを準備なさいましたね」

リディアーヌが険しい表情で詰め寄ってくる。

「さあ、お約束通り彼等を解放してくださいますね？」

「その前に、わたくしから少しお話しさせていただけますかしら」

あたしがそう言うと、大臣達は一斉に顔をしかめた。

「何を企《たくら》んでいらっしゃるのです？」

「まさか、今更約束を反故《ほご》にしようとでもおっしゃるのか？」

そうやって口々にあたしを非難する。

「つべこべ言わず、全員着席なさい！」

あたしが高圧的に命じると、彼等は渋々ながら従った。それを見届けたあたしは、防音魔法を展開する。

すると、大臣達がにわかに色めき立った。

「この場にいる者以外に聞かせるわけには参りませんの」

咎《とが》めるような視線を受け止めつつ、あたしは告げた。それに反応したのはリディアーヌだった。

「本当の目的をようやくお話しくださるのですか？」

彼女は期待に満ちた眼差しを向けてくる。反対に、ベルナデットや大臣等は訝《いぶか》しげだ。

「本来の目的とはどういう事ですか？」

ベルナデットの問いにリディアーヌが答えた。

「以前、ミシェイラ様と二人でお話しさせていただいた際、ゲームとは別の目的があると打ち明けてくださったのです」

それを聞いて、ベルナデットが大きく目を見開いた。

「なぜそれを早く言わないのですか！」

「他の人に話すのはアンフェアだと思ったからです」

リディアーヌはキッパリ言うと、更に続ける。

「どうかこのような振る舞いはやめて欲しいと頭を下げたわたくしに、ミシェイラ様はそれはできないと真摯《しんし》に答えてくださいました。それどころか、ご自身が不利になるとわかっていながらアドバイスまで下さった。誠実なご対応をしてくださったミシェイラ様のお心を踏みにじるような真似はできませんわ」

「くだらない意地を張るのも大概になさいませ！」

「ですが、誠実な方には誠実に対応すべきですわ！」

互いに相容れない主張をして、二人は睨《にら》み合っている。

この二人、ほんとに気が合わないんだなぁ。

「揉《も》めるのは結構ですが、早く用件を済ませてしまいたいので後にしていただけますかしら？」

見かねたあたしが口を挟むと、二人はようやく我に返ってくれた。

「失礼しました。それで、お話とは何ですの？」

「皆さんにとっては、とても嬉しいお話だと思います」

そう言って、あたしはわざとらしいくらいの笑顔を見せた。

「まず最初に申し上げておきます。わたくしがこれから話す事は、全て真実であると。わたくしが捕らえた者達の住む村のすぐ近くには、鉱脈が存在しています。いいえ、存在する可能性が極めて濃厚だと言うのが正しいですわね」

この発言にリディアーヌとベルナデット、そして大臣等はポカンとした。

「鉱脈？」

ベルナデットの言葉にあたしは頷く。

「ええ。現在、そこから採掘された鉱石らしきものを帝都で鑑定中です。今日中には鑑定結果が出る予定ですわ」

「まさか……」

ベルナデットはリディアーヌの持つ紙の束に目をやる。

「まさか、その鉱脈があるのがわかっていたからこそ、こんな無茶な計画書を作成しろとおっしゃったの⁉」

「ご明察～」

あたしはニッコリと笑い、パチパチと拍手してみせる。

「ね？　嬉しいお話でしたでしょう？」

そう言いながら全員を見回すと、皆どう反応していいのかわからないといった様子だった。

「そんなもののために、あの村人達を捕らえさせたのですか⁉」

このベルナデットの問いに答えたのは、あたしではなくジュールだった。

「それについては私からご説明します」

彼は魔術で変えていた髪色を元に戻し、変装用メガネも外して、いつも通りのスタイルになっていた。

あたしが話をしているうちに、いつの間にか変装を解いていたようだ。

「貴方、アルフォート様の……！」

リディアーヌが驚愕《きょうがく》の表情でジュールを指差す。

「ミシェイラ様、アルフォート様のお力を借りておられたのですか⁉」

ズルを責めるような言い方をされ、あたしは首を横に振った。

そんなあたしをジュールが庇ってくれる。

「殿下が協力したのではなく、妃殿下が我々に協力してくださったのです」

「どういう事です？」

ベルナデットが怪訝そうに訊《き》いた。

「私は今回、とある犯罪の証拠を探しておりました。容疑者はカルステン殿もよくご存知の、あの商人です」

カルステンが眉根を寄せる。

「彼が何をしたというのですか」

「あの者は鉱脈を不当に隠匿《いんとく》し、採掘した宝石を売って巨額の利益を得ておりました。それもサタレンがサフラスタンに併合される前から、敵国との商取引は禁止されていたにもかかわらず、かの村の者と通じていた。国家の財産を搾取《さくしゅ》したのですから、反逆罪が適用されます。妃殿下はその裏付け捜査にご協力くださったのです」

その通りだと、あたしは大きく頷いてみせた。

「ミシェイラ様が投獄した村人達の全員が、その犯罪に加担していたとでも!?」

「村人達を牢に入れたのは、彼等の安全を確保するためです」

安全確保？　とベルナデットは繰り返した。

ジュールが何を言っているのか理解できないらしい。

「商人にこちらの動きを察知され、村人達が消される危険性があったため、急遽《きゅうきょ》保護させてもらいました。警備の関係上、仕方なく牢に入ってもらったのです」

「脱獄した者が、半死半生《はんしはんしょう》の目に遭わされたと聞きましたが」

スパディーニ元将軍が胡散臭《うさんくさ》そうに言う。

「脱獄を手引きした者に罠にはめられたのです。彼が一命を取り留めたのは、妃殿下が治療してくださったからなのですよ」

「ですが、ミシェイラ様は村人達だけではなく、ここの官吏《かんり》達にも無茶な言いがかりをつけて投獄したり、辛く当たったりしていたではないですか。それにはどんな理由があったとおっしゃるのですか？」

嘘をつくなと言いたげなベルナデットに、あたしは言った。

「彼等についてては、ちゃんと理由があっての事です」

「例えばどのような？」

「横領をはじめとした各種不正ですわね。わたくし、ここひと月ほど城郭《じょうかく》内の各部署を回り、問題がないか色々とチェックさせていただきましたの。明らかな不正を行っていた者には、しっかりお灸《きゅう》をすえさせていただきましたわ。辛く当たったというのも、少々言葉はきつかったかもしれませんが、ごく普通の注意をしただけです。誤字脱字がひどいとか、提出書類の体裁がおかしいとか。大変指導のし甲斐《がい》がありましたわ」

「指導!?」

「ええ。親切心からの指導です。その親切心がなかなか伝わらず、貴女方の耳には辛く当たられているという声しか届かなかったのでしょう」

「なぜそんな回りくどい事を!」

ベルナデットの声には苛立《いらだ》ちが混じっていた。

「今回、わたくしには二つの指示が出されていました。一つ目は皇太子マクシミリアン様からのご指示。もう一つが陛下からのご指示です。その両方を完遂するために、アルフォート様の捜査に協力させていただく事にしました」

「マクシミリアン様からの……」

リディアーヌは呆然と呟《つぶや》いた。ベルナデットまで妙な顔をしている。あたしがマクシミリアンの指示を受けて行動したっていうのが、そんなにおかしいのだろうか?

「お二人の指示を要約すると、どちらもこの城郭《じょうかく》内を引っ掻き回して、軋轢《あつれき》を解消しろというものです。旧サタレン出身者とサフラスタン出身者の間に、明らかな溝ができていましたでしょう?つい先日まで敵国同士だったのですから当然かもしれませんが、お二人はそれをとても憂慮《ゆうりょ》されていました。ですので、わたくしは暴君のふりをしつつ皆様を振り回して軋轢を解消しつつ、捜査のお手伝いをしていたのです」

あたしはそこでリディアーヌへと目を向けた。

「リディアーヌ妃、これでご納得いただけましたか？」

リディアーヌは混乱しているのか、ただあたしを見つめてくるばかりで何も言わない。

代わりにベルナデットが口を開いた。

「そんな事のために、わざと憎まれ役を演じていたと言うのですか？」

あたしはクスリと笑う。

「渋々汚れ役を引き受けたわけではありません。わたくし自身が楽しんでやっていたのです」

面々の顔をグルリと見回し、ニヤリとしながら言った。

「皆様はすっかりお忘れのようですけれど、わたくしは最悪姫ですのよ。この程度の事はお手のものですわ」

ああ、種明かしをするのって、とっても楽しい。皆の愕然《がくぜん》とした様子があたしへのご褒美《ほうび》だね。

さて、彼等を驚かせて遊ぶのはこのくらいにして、そろそろ現実的な話もせねばなるまい。

「さあ皆様、ここからが本題です。件《くだん》の商人はカルステン殿のお屋敷で足止めされているので、命令さえ出ればすぐに捕縛できるのですが、その配下の者達が野放しになっているのです。一度は証人の口を塞《ふさ》ぐのに失敗したようですけれど、二度目がないとも限りません。そして村人の中の誰がターゲットとなるかもわからないのです。彼等を牢から出すのは吝《やぶさ》かではありませんが、どう安全を確保いたしましょう」

そう問いかけると、唖然としていた大臣等がようやく我に返ってくれた。そして、これからどうするべきかと活発に意見を言い合う。

驚くべき真相を知らされたばかりだというのに、すぐに対応できるのだから、やはり本来は優秀な人達なのだろう。

他にも話し合うべき事は数えきれないほどある。

村人達の今後をどうするか、逃げている襲撃者達をどうするか、鉱脈の開発をどう進めていくのか、都市開発の予算はどう捻出《ねんしゅつ》するのかなど。加えて作成したばかりの都市計画書も採掘都市の建設用に手直しせねばならない。

街道の整備や採掘のための人材育成も急務だし、それこそどんな課題があるのか整理するところから始めなければならないくらいだ。

大臣等はあたしそっちのけで議論を展開していく。

議論が始まってから一、二時間ほど経ったところで、帝都からの伝令がやってきた。

「妃殿下、鉱石の鑑定結果が出ました。これから商人を捕縛いたします」

アルノーの言葉に、あたしは頷く。

するとカルステンが思わぬ事を言い出した。

「私も行きます」

「よろしいの？」

あたしは驚いて訊《たず》ねた。自分の屋敷に匿《かくま》うくらい親しい人が目の前で捕縛されるというのに、抵抗はないのだろうか。

「彼にはここがまだサタレン王国だった時代に、敵国であるサフラスタンの情報を流してもらうなどして色々と力になってもらいました。そんな彼が、まさかサタレンの財産をかすめ取っていたとは。それを見抜けなかった己《おのれ》の愚かさが忌々《いまいま》しくてなりません」

表情や話しぶりを見るに、カルステンは商人の犯罪を本当に知らなかったようだ。捕縛の邪魔をしないというのなら止める必要はない。彼の気の済むようにしてもらえばいい。

カルステンを見送ったあたしは自分のした事の始末をつけるべく、席から立ち上がった。

あたしが今果たすべきなのは、牢に閉じ込められている村人達への説明責任だ。

さて、何と言って切り出そうか。

そう思っていたら、リディアーヌと数人の大臣が近くにやってきた。何と彼等が説明を引き受けてくれると言う。

それならばと、あたしは今回の事件の概要をもう一度話し、彼等に全てお任せした。加害者側に立つあたしとしては、村人達と直接顔を合わせるのは気まずかったのだ。

あたしはジュールやアルノーと共に、打ち合わせ用に占拠している会議室に戻った。

「これでほとんどの懸案《けんあん》事項は解決しましたね。肩の荷が下りて晴れやかな気分です」

そう言いつつも、本当はちっとも晴れやかじゃない。

捕縛したサフラスタン商人は、既にアルノー隊の一部によって帝都へ向けて移送中だという。帝都に着いたら皇帝直々《じきじき》に処罰が下される事だろう。

商人と癒着《ゆちゃく》していた街の宝石店だとか、村人達の中にいる商人の協力者については、罪はさほど重くないためサタレン地方政府が罰を与える事になりそうだ。

商人に加担していない村人達は、安全が確保され次第、村に帰る事になる。

ただ一人、あたしに石を投げた少年を除いて。

「例の少年ですが――」

「恩赦《おんしゃ》はいたしません」

あたしが何を言おうとしているのかわかったらしく、ジュールが途中で遮《さえぎ》った。

キッパリと言い切る彼は、まさに取り付く島もないといった感じだ。ダメと言われるのは覚悟してたけど、これほど頑《かたく》なな態度を取られるとは……。

もしあたしがあの子を追い詰めるような作戦を立てなければ、あの子が罪を犯す事はなかった。

いくら追い詰められていたからって、暴力が許されるわけじゃないってのは重々承知している。

でも一人の少年の人生を悪い方へ捩《ね》じ曲げてしまったかと思うと後味が悪い。

この気持ちはあたしの胸にいつまでも残るだろう。

「どのような処罰が下されるのですか？」

まさか死刑にまではならないよねと思いつつ、恐る恐る訊《き》いた。

「重犯罪者用の施設に収容されるでしょう。とはいえ、期間はかなり短くて済むはずです。ご安心ください」

　重犯罪者用だなんて！

　あたしは眩暈《めまい》がしそうだった。

「そんな……まだ子供ではありませんか」

「いっそひと思いに処刑せよとでも？」

「いえ、もう少し情状酌量《じょうじょうしゃくりょう》してもよいのでは？」

　そのあたしの発言に、ジュールはわざとらしくため息をついた。

「理由は何であれ、皇族に怪我をさせたのです。通常であれば、国家反逆罪で死刑です」

「でも……」

「子供だからといって目こぼししては、皇族の威光が減じられます。皇族方のお命を狙う不届き者が、子供を使って目的を果たそうとするかもしれません。妃殿下のみならず、サフラスタン皇族に連なる全ての方々に危険が及ぶのです」

　あたしが少年を見逃せば、他の人——例えばアルフォートとか——に実害がある。そんな事は少しも考えてなかった。

　ふと、リオールであたしを殺そうとした刺客の事を思い出す。

　王様に頼んであの人をコッソリ逃がしたのも、本当はリオール王家にとって大きな打撃だったのかもしれない。

　あの事をもし他の人に知られたら、リオール王家に刺客を送り込んでも見逃してもらえるのだと間違った認識を与えてしまう事になりかねないのだ。

認識が甘かったでは済まされない。かつてのリオールでのあたしの選択がどれほど危険なものだったのか、それを今頃になってようやく理解した。

ジュールの指摘はもっともだ。でも……

自業自得だからといって子供に重い処罰が下されては、あたしが耐えられない。あたしがあんな作戦を提案しなければと、後悔の念に苛《さいな》まれるのが目に浮かぶようだ。

親友の凛《りん》がひどい目に遭ったように、あたしはまた誰かを不幸にしてしまう。そう思うだけで、かつて味わった吐き気すらもよおすほどの自責の念が蘇《よみがえ》ってくる。

もう二度と、あんな悔恨《かいこん》の日々を乗り越える事はできないだろう。それを乗り越えるだけの強さは、今のあたしにはない。事実、そうなるかもしれないと想像しただけで、身体が震えてしまっていた。

自分のせいで誰かが苦境に陥《おちい》るような事にはなって欲しくない。だからこそ、あの少年には重い罰を受けて欲しくないのだ。

これはもう優しさなんかじゃなく、ただのエゴだった。

……ああ、あたしは今かなり動揺している。魔力が身の内で不安定にうごめいているのが感じられ、今にも暴走してしまいそうだ。こんな時に暴走の前兆を感じ取れるようになるなんて皮肉なものだな。

あたしは二度、三度と深呼吸を繰り返し、暴走しそうになる魔力を鎮《しず》めた。

「減刑する事のデメリットをお伝えしてもなお、妃殿下がそれを望まれた場合、特別な措置を取る事を殿下から許可されております」

あたしがハッとしてジュールを見やると、彼は苦々しい表情をしていた。

「減刑を望まれますか？」

「……はい」

ダメだとわかっていても、あたしは頷いてしまう。

「では表向きは処刑された事にして、少年を放免いたしましょう。ただし条件として、故郷を離れて名を変え、全ての者との関係を絶ち、今回の件を生涯秘匿《ひとく》してもらいます」

「あの子を解放してくださるの？」

「そうです。重犯罪者用の施設に収容されるのと、どちらがマシかはわかりませんが。せめて本人の希望は聞くべきかと思います」

「ええ。本人の意思に任せますわ」

あたしは自分自身の卑怯《ひきょう》さに絶望しつつ、そう答えた。

六　作戦の後始末

暴君大作戦とその目的について暴露してしまった今、あたしやジュール達だけでコソコソと動く必要はなくなった。

むしろサタレンの問題なのだから、地方政府の人が処理すべきだろうという事で、諸々の後始末をベルナデット達にお任せする事にした。

ジュールはそろそろアルフォートの補佐に戻らねばならないし、アルノー隊も帝都に戻って通常業務につかねばならない。

とはいえ、後はよろしくの一言で全てを任せる事はできないので、あたし達はリディアーヌやベルナデット、大臣等を集めて引継ぎを行った。

「……皆様にお願いしたい事は以上ですが、何かご質問は？」

ジュールがまとめてくれた資料のおかげか、質問は一つも上がらなかった。

代わりに大臣の一人から個人的な疑問が発せられる。

「なぜ暴君のふりをするなどという過激な手段をお取りになったのか、未だ納得できかねます」

作戦の事を暴露してからというもの、これを言われるのは何度目だろうかという発言だ。

毎回反論するのが地味に面倒である。

「政府内の軋轢《あつれき》を解消するためです」

あたしも何度目かわからない答えを口にした。

すると、他の出席者の一人が言う。

「犯罪捜査、政府内で行われていた不正の調査及び処罰、サタレン経済浮揚《ふよう》の足がかりとなる鉱脈の発見、そして採掘都市の計画書作成と、諸々の問題を一挙に解決なさった手腕はお見事です。ですがそれだけの能力がおありなら、政府内の軋轢解消についてももっと穏当な手段が取れたのではありませんか？」

「別の手段は確かにありましたよ。例えばここに集まった皆様のうちの半数をわたくしの陣営に引き入れ、リディアーヌ妃陣営との対立を煽《あお》るといったものです。けれどそうしたところでサタレン派とサフラスタン派への分裂は防げても、リディアーヌ妃派とわたくし派に分裂してしまった事でしょう。今のサタレンは迅速な復興が急務であり、一丸《いちがん》となって解決に当たらねばならないのに、分裂していてどうするのです。大いなる時間の無駄ですし、わたくしはそういった足の引っ張り合いは好みません」

そこで一旦言葉を切って、先ほどの発言の相手を見やる。彼はなおも食い下がった。

「他に穏当な手段はないのですか？」

「わたくしはご期待に沿えるほどの能力は持ち合わせておりません。それどころか皆様のような専門知識も経験もない未熟者です。今回たまたま上手く行ったのは、皇帝陛下をはじめとする方々の力を大いに利用させていただいたからです。実質的にわたくしがやった事といえば、書類のチェックと職員等の意識改革だけ。ほぼ何もしていないのと同じなのです」

あたし個人としては、派閥化が必ずしも悪いとは思わない。競争なくして発展はありえないからだ。

余裕のある状況なら、多少の対立や足の引っ張り合いをしても、互いにとって致命傷にはならない。むしろ対立が良き競争心を生み出して、思わぬ成果に結びつく事だってあるだろう。

もしリディアーヌ派とあたし派に上手く分かれられればそうした対立構造を作り出せるかもしれないけど、それはもう少し先の話。サタレンの復興が済んで民の生活が安定し、政府内が健全化してからだ。

皆さんに納得してもらえた（というより強制的に黙らせた）ところで、全体への説明および引継ぎは終わった。

次はそれぞれの部署を管轄《かんかつ》している大臣に、個別に情報を伝達していく。この部署にいる誰それに協力してもらっただとか、こちらの部署ではこんな不正が見つかっただとか、そういう事だ。

更には人事的な情報も伝えておく。目立たないけど優秀な人物の事や、目を離すと悪さしそうな要注意人物の事など、事細かに教えた。

「ミシェイラ様ったら、こんな素行調査まがいの事までなさっていたの？」

ベルナデットが呆れたように言う。

「ひと月弱もの間ここの役人達と関わってきたのですから、人となりも多少は理解できますわ。やり甲斐《がい》を持って一生懸命仕事に励んでいる人もいれば、やる気がなくて最低限の仕事だけを消化している人もいます。ですが帝都からここへ派遣されているメンバーの多くは非常に優秀な人達です。やる気がある人はここで十分に能力を発揮し、帝都に戻った暁《あかつき》にはその能力に見合ったポジションにつく事でしょう」

「身分などが原因で上司に疎《うと》まれ出世できない優秀な役人に、上司等の目の届かないサタレンで成果を出させるべく派遣されているという事でしょうか？」

さすがベルナデットは察しがいい。

「どうやらそのようですわね。優秀な人材が能力を十分に発揮できれば、サタレンの復興はますます進みますわ」

「そうですわね。わたくしもミシェイラ様を見習い、役人達の事を今まで以上によく見ていくようにしますわ」

「ええ。……そのついでに一つお願いがあるのですけれど」

「何でしょう？」

お願いと聞いて、ベルナデットが慎重に聞き返してきた。

「わたくしに振り回された方々のメンタルケアをお願いいたします。威圧的に注意されて、トラウマになりかけている人もいるかもしれませんので」

どのような理由があろうと、あたしのやった事はパワハラに等しい。

期間が短かったから病気になるほどじゃない……と思いたいが、フォローは必要だと思う。

「……承知いたしました。お引き受けいたしますわ」

しばしの沈黙ののち、ベルナデットは請け負ってくれた。

全ての引継ぎが済むと、あたしは一人で帝都に戻った。そして皇帝と皇太子に帰還の挨拶《あいさつ》がてら事の顚末《てんまつ》を報告しに向かう。

かなり好き勝手にやらせてもらったから、相応のお叱りを受けるだろう。お叱りだけではなく始末書の類《たぐい》も提出しなくてはならないだろうし、実に気が重い。

鬱々《うつうつ》としながら皇帝の待つ部屋に入ったあたしは、さあ報告だと気合を入れる。けれど、皇帝の方が先に口を開いた。

「ベルナデット達を見事に出し抜いたそうだな。事情を明かされた面々の呆《ほう》け具合は見ものだったと聞いたぞ」

肩透かしを食らったような、ホッとしたような気持ちであたしは答える。

「既に把握しておられるのですね」

皇帝には文書などでできるだけ小まめに報告していたのだけれど、ベルナデット達に事情を明かしてからの事は、まだ報告していなかった。

なのに皇帝がそれを知っているという事は、密偵のような人物がサタレン政府内にいたからなんだろう。

確かに皇帝ともなれば、手の者を政府内に紛《まぎ》れ込ませるのなんて簡単だ。役人どころか、大臣の一人が密偵だったと言われてもあたしは信じる。

リディアーヌやベルナデット、そしてあたしという未経験者を地方政府のトップに据えるなんて暴挙に出るなら、密偵を潜《もぐ》り込ませるくらいの保険はかけておくべきだ。

つまり、あたし達は皇帝の手の上で踊らされていたも同然なわけか。

そう思ったら、何か急に恥ずかしくなってきたぞ。

お膳立てされた舞台でちょっと悪巧《わるだく》みが成功したからって「どうだ！」とドヤ顔していたんだから、すごく滑稽《こっけい》じゃないか。

皇帝を前にしているという緊張感ともあいまって鼓動が速まり、ジワジワと顔に血が上ってくる。

ダメだ、このままだと無様に赤面してしまう！

気を静めるには他の事に意識を集中するのが一番だ。そこで、あたしは本来の目的である報告をさっさと済ませてしまう事にした。

皇帝はとっくに全てを知っているようだけど、だからって報告をしなくていいというわけでもないからね。

「陛下がご存知の事ばかりかもしれませんが、報告書を提出させていただきます」

あたしは持参した書類を手渡し、その内容について細かに説明していく。ところどころで皇帝から質問をされつつも、報告はすんなり終わった。

「――以上です。地方政府内の軋轢《あつれき》を解消せよとの条件をクリアできたと考えておりますが、認めていただけますでしょうか？」

しばし沈思黙考《ちんしもっこう》してから、皇帝は言った。

「及第点ギリギリといったところか。完全ではないが、派閥化の恐れはほぼなくなったため、条件を満たしたと判断しよう」

「……ありがとうございます」

あそこまでやったのに及第点ギリギリって……落第じゃなかっただけマシだけど、皇帝にとっての満点ってどんなななの!? 要求度の高さに唖然として、返事が一拍遅れてしまったじゃないか！

「妃ならば軋轢《あつれき》の解消どころか、友好的な関係を築かせるやもしれぬと思っていたのだが」

「友好的な関係にまで持っていくのは、いくら何でも無理かと……」

あたしは控えめに主張した。本当は、どうしてあたしにそこまでできると思うのか問い詰めたいくらいの気持ちだった。

「提示してきた策が奇想天外なものだったからな。ハインリヒ並みの突拍子もない発想だったゆえ、結果も私の想像をはるかに超えたものになるだろうと期待していた」

まるで期待外れだったと怒られてるみたいだけど、おそらく違う。くつくつと小さく笑っているところを見るに、皇帝流のからかい方なんだろう。

ハインリヒというのはミシェイラの父、つまりリオール王の名だ。王様同士、ある程度は親交があるらしい。そしてあの王様の娘だから、何をやらかしても不思議じゃないと思われていたと。

あたしはリオール王の人となりをよく知らないけど、元の世界にいるあたしの実父と似たタイプなのはうっすらわかっている。要するに、あたしはあの父と同類扱いされたわけだ。

あんな非常識な父と同類扱いされるなんて不本意だわ。あたしはあそこまで常識を捨ててないのに！

「本音を言えば、どこまでやるつもりなのかと心配していたのだ。だが、突拍子のない策を持ってきた割には常識的というか、むしろ大人しすぎるくらいだったと知って胸を撫で下ろしたぞ」

これはご期待に沿えず申し訳ありませんと返すべきか、お褒めに預かり光栄ですと返すべきか、非常に悩ましい。

とりあえず間違いないのは、あたしは皇帝に試されていたという事。

今回の指令にはあたしという人間のえげつなさだとか、容赦のなさだとか、表面的な付き合いだけではわからない人間性をはかるためのテストという側面もあったのだ。だからこそ皇帝は条件付けをするだけで、口出しは一切しなかった。

きっと今後の国家運営を考えるにあたって、皇子の妃であるあたしがどういった人物なのかを把握するのも必要な事なんだろう。

「わたくしには何の才能もありません。良くも悪くも平凡な人間ですわ」

「平凡ではなかろう。妃は独特な感性を持っている」

元々はこの世界の人間じゃないから、こちらの人とは感性が多少違っているだけだろう。もしあたしがこっちの世界に染まったら面白味がないと評されてしまいそうだ。

まあ、染まるほどこの世界にいるつもりはないけどさ。

「話は変わってしまいますが、ゲームについてお訊《き》きしてもよろしいでしょうか？」

あたしがそう切り出すと、皇帝は黙って続きを促してきた。

「まだゲームを続けるおつもりなのでしょうか？　陛下のお話を伺っていますと、ゲームの勝敗ではなく、いかに真剣に取り組ませるかを重視されているように感じました。リディアーヌ妃は既に真剣に取り組んでいますし、ベルナデットも当初と違って補佐という立場を弁《わきま》えた行動をするようになりました。それでもなお続ける必要がありますでしょうか？」

「ゲームを続ける事に何か問題でもあるのか？」

「リディアーヌ妃にとって大きなプレッシャーになっています。仕事をする上で適度な緊張感は必要ですけれど、プレッシャーが大きすぎるとそれに押しつぶされて、出せる成果も出せなくなりますわ」

「この程度のプレッシャーなど、国家運営をしていく中で感じるプレッシャーとは比較にならん。耐えられねば話にならない」

「そうですか……」

この口ぶりだと、ゲームは終わらせてくれそうにない。つまり、あたしの辞任もまだまだ遠いという事だ。

顧問《こもん》に相応《ふさわ》しくないと地道にアピールしていくしかないのかな。

「このままゲームを続けていけば、あの二人の関係も改善するはず。もう少し様子を見なければならないだろう」

「あの二人とは……リディアーヌ妃とベルナデットの事でしょうか？」

皇帝は頷く。

「確かに、わたくしという共通の敵がいても、これまで一貫して険悪なままですわ。少しはお互いに歩み寄ってくれるかと、わたくしも期待していたのですけれど」

「あの二人の関係は、このような短期間でどうにかなるものではない」

「長期戦になると、陛下は最初から予想していらしたのですね」

つまり、ゲームの方も相当な長期戦になるという事だ。

……うん、どうにか途中リタイアできるように頑張ろ。やっぱり最悪姫には任せられないって思ってもらわないと！

「妃よ、此度《こたび》の件で最も損失を受けたものは何かわかるか？」

損失？　損失なんてほとんど出ていないはずだけど……

「いえ……」

「権威だ」

その簡潔な言葉で、あたしは皇帝が何を言いたいのかを察した。

「わたくしの体面に傷がついた事をおっしゃっているのですね」

「そう。ひいては皇室の権威にも傷がついた事になる」

「それは――」

皇帝はあたしの言葉を遮《さえぎ》って言う。

「妃自身の意識はどうあれ、妃は現在サフラスタン皇室の一員であり、その言動は皇室の権威に直結する。他に手段がないのであればあえて自己を犠牲にすべき場合もあるが、此度は他の手段がなかったわけではないだろう。安易に自己を貶《おとし》める手段は取るべきではない」

「……申し訳ございません」

あたしは素直に謝る。

「マクシミリアンも頭を抱えていたぞ」

これには驚いた。

皇太子も作戦の事を知っていたのだろうか。

「マクシミリアン様は、わたくしの作戦に気付いておられたのですか？」

皇帝は頷く。

「そなたのというより、アルフォートの動きから事情を察したようだ。妃に犠牲になる事を強《し》いてしまったと、少しばかり気に病《や》んでいた」

「わたくしが犠牲になった事で、どうしてマクシミリアン様が気に病むのですか？」

「犠牲となったのが妃ではなくアルフォートならば、マクシミリアンは見て見ぬふりをしたのだろう。だが、本来は守るべきである女性を犠牲にするなど我らの矜持《きょうじ》が許さない」

こういう事に性別なんて関係ないと思うんだけど、女性を犠牲にするのは矜持が許さないだなんて、随分紳士でいらっしゃるのね。

それより皇帝の言い方だと、まるで皇太子はアルフォートの体面なら傷ついても構わないと考えているかのようだ。彼にとっては弟なのに、一体なぜだろう。

「マクシミリアンに報告する際は、その事について厳しく指摘されるだろう。どうかマクシミリアンの心情を慮《おもんぱか》って大目に見てやってくれ」

「……承知いたしました」

怒られるのは確定なんだ。ますます気が重いなぁ。

皇帝への報告が終わった後は、皇太子のもとへ向かった。

それにしても、アルフォートの方の動きから作戦に気付かれるとはね。そっち方面は全然気にしてなかったな。

とはいえ、常にアルフォートの傍《そば》にいるジュールが一ヶ月近く姿を見せず、代わりにあたしの傍には謎の副官がいるとなれば、その正体はお察しというものだ。そしてアルフォートが今抱えている案件は何かと調べるのも、皇太子であるマクシミリアンならたやすいはず。

でも、いつから気付いていたんだろう？　あたしがマクシミリアンの側近から忠告された頃には、もう気付いていたのかな。

もしそうなら、あたしは裏の事情を知っている人の前で、あら何の事かしらぁなんてすっとぼけていたわけで……恥・ず・か・し・い!!

今回の件は、あたしにとって黒歴史になる。そんな予感がひしひしと感じられた。

皇太子の執務室に到着すると、扉の前に控えている護衛から刺々《とげとげ》しく睨《にら》まれた。それだけで主人たるマクシミリアンのお怒り具合がわかろうというものだ。

人を射殺せそうな視線から逃れるようにして、あたしは部屋の中に入る。

「此度《こたび》の顛末《てんまつ》をご報告に参りました。こちらが報告書になります」

眉間《みけん》に皺《しわ》を寄せた不機嫌そうな表情で、マクシミリアンは書類を受け取った。

そして無言で読み進めていく。

その間も眉間の皺は消えない。

読み終わると、ふーっと深いため息をついて書類を机の上に投げ出した。

「ミシェイラ妃」

ひっくい声で呼ばれて、あたしの背筋がピシッと伸びる。

「はいっ」

「事情は理解した。私が出した指示の本質をしっかりと汲《く》み取り、遂行してくれたようだな。それについては見事と言っておこう」

「お褒めに預かり光栄です」

あたしは小さな声でお礼を述べた。口では褒めながらも未だ不機嫌そうな彼に、元気にお礼を言えるほど図太くはない。

「アルフォートはこの策に反対しなかったのか？」

「反対されましたわ。それをわたくしが強引に押し切ったのです」

そこだけは勘違いされては困るので、あたしは強く主張する。

「貴女が何と言おうと、アルフォートは認めるべきではなかった」

「ですが――」

「貴女は自身の体面を傷つけたのみならず、身体にも傷を負ってしまった。王族や皇族とは、その国に住まう者にとって誇りであり象徴。我らについた傷は国家の、ひいては国民の傷となる。ミシェイラ妃の傷はサフラスタンの民のみならず、リオールの民、そして旧サタレン国の民にとっての大いなる傷となるのだ」

そんな大げさな、と言って笑いたいところだけど、笑えないほど大真面目な口調で彼は言った。だからあたしは素直に謝る。

「浅慮《せんりょ》でした事、猛省いたします」

そうか、この人はただひたすら真面目なだけで、わかりにくいけど根はいい人なんだな。だって言ってる事を要約すれば、自分を傷つけるような事をするなと叱ってくれているわけだから。

「アルフォートがそのような策を認めたならば、せめてアルフォート自身が泥をかぶるべきで、ミシェイラ妃が傷つかずに済むようにせねばならなかったのだ」

「アルフォート様に手厳しいのですね」

思わず口にすると、ジロッと睨《にら》まれた。

何だか触れちゃいけない事に触れてしまったようだ。

「……貴女はアルフォートの庇護下《ひごか》にあるのだから、アルフォートが責任を持って守るのは当然の事だ」

それを聞いて、ふと思った。

この国では政治参加などの女性の権限が制限されている代わりに、男性は女性を守るべきという考えが浸透しているのかもしれないと。

だからこそマクシミリアンは、それに反した行動を取ったアルフォートに対して憤《いきどお》っているんだと思う。

その後も報告についての質問や叱責《しっせき》は特にされず、もっと自分の身を大切にせよというお説教だけで終わったのだった。

こういう忠告をしてくれるという事は、たとえ好かれてはいなくても嫌われてもいないのだろう。アルフォートには無駄に厳しそうだけど、あたしには甘いとすら言えるんじゃないかな。


サタレンから戻って一週間ほどが経過し、とうとう皇帝主催の夜会が開催される日となった。

夕方、あたしはこの日のために準備したドレスへと着替える。

あたしの希望通り装飾は抑えてくれているので、華やかではあるけど抵抗感を覚えるほどド派手でもない。しかも流行がしっかり取り入れられているらしく、侍女達も大絶賛していた。さすがは帝都で評判のデザイナーさんである。

袖を通すのにちょっとウキウキしてしまった。小さい頃はウェディングドレスなどに憧れていたし、今だって一応、乙女心は残っている。自分の趣味に合った綺麗なドレスが目の前にあるのだから、着てみたくなるのは道理というものだ。

問題は着てみたいだけで、夜会に出席したくはないって事なんだけど。これから社交という名の苦行の場に向かうのかと思うと、せっかくの浮かれた気分も台無しだ。

「妃殿下、とってもお綺麗ですわ」

「頑張ってくださいましね」

あたしが気落ちしているのに気付いてか、侍女さん達が励ましてくれた。その優しさが心にしみる。

「ドレス自体に難はありません。いくらミシェイラ様でも馬鹿にされる事などありえませんわ」

「殿下がご一緒なのですから、ミシェイラ様が多少失敗されたとしても問題ありませんとも」

そう言ってくれたのは、リーザとヨランダだ。ズレてるしわかりにくいけど、彼女達なりの激励なんだろう。とはいえ、嬉しくは……ないかな。

「……ありがとう」

ため息を堪《こら》えて玄関ホールへ行くと、既にアルフォートが待っていた。

普段よりも華やかな服装を身にまとい、髪までお洒落《しゃれ》に染めている。いつもはキラッキラの金髪が、深い青色に変化していたのだ。

金髪を見慣れているからか、ちょっと地味に感じる。でも身に付けている服が明るい色合いだから、ちょうどいいかもしれない。

うん、似合ってる。どんな髪色も似合うなんて美形は得だね！

つい上から下までじっくり眺めてしまった。

「どうかなさいましたか？」

アルフォートが怪訝そうに訊《き》いてくる。

「いえ、何でもありませんわ」

「そうですか」

まだ不思議そうにしていたものの、彼は気を取り直して笑顔を見せてくれた。

「そのドレスは、よくお似合いですよ」

さすがモテ男。褒めるべきポイントがわかっているね。容姿を褒められたら「この嘘つきが！」と思ってしまうところだけど、ドレスの方を褒める事で、似合っていなかったらどうしようという不安を払拭《ふっしょく》してくれるんだからさ。安心したし、嬉しくなってしまうじゃないか。

気分が上向いたあたしは、機嫌よく彼への褒め言葉を口にした。

「ありがとうございます。アルフォート様も、その御髪《おぐし》がよくお似合いですわ。金色の御髪を見慣れているせいか、深い青の御髪はとても新鮮に感じます」

その言葉に、周囲の人達がどよめいた。

あたしが人の容姿を褒めるのは、そんなに珍しいのか？

アルフォートはそつなく返してくる。

「お褒めに預かり光栄です」

賞賛に慣れているからか、余裕シャクシャクだ。

皇子って身分があれば、たとえ醜悪《しゅうあく》な見た目をしていても、美辞麗句を尽くして褒められるのだろう。これだけ見栄えが良ければ、そりゃあ誰だって口を揃えて褒め称《たた》えるはずだ。

そのせいか特に嬉しそうでもないし、何だか褒め損だな。

お互いに褒め合うという何ともいえないやり取りの後、あたし達は馬車に乗り込み宮殿へ向かった。

夜会の会場は奥宮近くにある豪奢《ごうしゃ》な建物で、周りを広々とした庭園が取り巻いている。会場の正面に横付けされた馬車から降りると、案内人が中へと先導してくれた。

他の出席者達は前宮から歩いているので、かなりの特別扱いだ。長く歩かずに済んで楽だけど、ズルをしているようでちょっと気が引ける。久々に自分が皇子の妃である事を実感した。

そのまますぐに会場入りとはならず、控え室へと通される。あまり広くなく、かといって狭くもないその部屋で、軽い飲み物を振る舞われた。

その後、宮殿の侍女さん達がスカートのドレープを整えてくれたり、髪飾りの位置を直してくれたりして準備完了。アルフォートも同じように衣装を直され、今度こそ会場へ向かう。

その途中で皇帝等と合流した。

優雅に歩く皇帝夫妻と皇太子夫妻の後ろに、あたし達は無言でついた。皇帝がこちらをチラリと一瞥《いちべつ》し、皇后様がニコッと笑みを浮かべたくらいで、特に挨拶《あいさつ》などは交わさなかった。

他の招待客は既に会場内に入っているらしく、彼等の視線が集中する中での入場は、とてつもなく恥ずかしかった。キラキラしい人達が一緒なので、あたしに注目している人なんていないと思うけれど、恥ずかしいものは恥ずかしい。

リオールの夜会では、こんな特別な入場の仕方をするのは王様と王妃様だけだったのに。国が違えば色々と違うんだなと改めて感じた。

皇帝の挨拶が終わって夜会が始まると、さっそく人々に取り囲まれた。あたし達だけではなく、皇帝夫妻や皇太子夫妻の周りにも、それぞれ大きな人だかりができている。

あたし達を取り囲む人々の目的はアルフォートに挨拶する事なんだろうけど、お義理であたしにも話しかけてくれる。

女性の参加者は「相変わらず仲がよろしいのね」などと言ってくるくらいだが、男性の参加者の中には嘲《あざけ》りを込めた嫌味を放ってくる人もいた。

「サタレンへ行かれたそうですが、何もせず日がな一日部屋に閉じこもっていたとか。治癒《ちゆ》術がお得意と聞きましたが、何のためのお力ですか？」

「孤児院の子供達を救済するなど、涙ぐましい努力でご自身の評判を上げようとなさっていますが、サタレンの人々を救えないようでは、化けの皮がはがれますぞ」

こんな直接的な嫌味や当てこすりを言われるのは久々だ。

相変わらず貴族社会の中でのあたしの評価は低いままなんだなぁと実感する。そんなあたしの体面が少々傷ついたところで大した影響はない。

それなのに、ベルナデットにしろ皇帝にしろマクシミリアンにしろ、さも重大な事のように言うもんだから笑っちゃうわ。

良い事をしても悪い事をしても評価が上がらないのであれば、いっそ自分らしく過ごすべきだ。無理して迎合したって疲れるだけだしね！

「サタレンにいた時は色々と忙しかったもので。怪我人の治療に携《たずさ》われなかった事は心苦しく思いますが、現地にはリオール医師団がおりましたので何ら問題はありませんでしたわ」

あたしの切り返しに、彼等は嫌な笑いを浮かべた。

「忙しかった？　閉じこもってふて寝するのにですか？」

「それは確かに『忙しくて手が離せない』状況ですなあ」

あたしはそうなのですよと憂《うれ》いを込めて頷く。

「ええ。皇后様とアルフォート様のご指示のもと、各種申請書や会計書のチェックを行うだけで精一杯でして……お恥ずかしい限りです」

訳：皇后様や皇子様から指示を出されていたので、他の事にまで手が回らなかったんだよね。だから文句はそちらにお願いね。

「こ、皇后陛下と殿下のご指示でしたら、仕方がありませんな」

苦し紛《まぎ》れにそう言いながら、彼等はそそくさと去っていった。さすがに皇后様や皇子様を非難する事はできないらしい。あたしが相手だからいいものの、これが他の人だったら速攻でつぶされちゃうぞ。

嫌味人間は後から後から湧いてきてキリがない。さすがに辟易《へきえき》してきた。

アルフォートの方はどうなのかと見てみれば、胡散臭《うさんくさ》いほどのキラキラ笑顔でそつなく対応している。

あたしほどの嫌味は言われていないようだけど、彼に対しても無礼にならないギリギリの非難をする人が一定の割合でいるようだった。

そういえば、すっかり忘れていたけれど、アルフォートはあたしという最悪姫を嫁にもらったのだ。そんな彼の立場もかなり複雑なのかもしれない。

あたしが見ているのに気付いたのか、アルフォートが声をかけてきた。

「飲み物でもいかがですか？」

「ええ」

アルフォートは近くを通りかかったボーイからグラスを受け取り、あたしに渡してくれた。

カクテルっぽい見た目をした綺麗な液体で、試しに匂いを嗅《か》いだところ、アルコール臭はしなかった。

ジュースかな。もしお酒だとしてもアルコール成分は少ないだろう。

毒殺されかけた経験があるので警戒しつつ口に含むと、爽《さわ》やかな果汁の風味が口いっぱいに広がった。すぐに飲み込まず、舌の上でじっくりと味を検分する。

うん、多分大丈夫だろう。

とはいえ、ゴクリと飲み込むのは少し勇気が要《い》った。

あたし達の周囲はそれほど人が集まっていないから、こうして飲み物が取れる余裕もあるけど、あっちは大変だ。

あたしは皇帝夫妻や皇太子夫妻の方を見やる。

すると、皇太子夫妻を囲む人々のうちの数人と目が合った。すぐに逸《そ》らされたので錯覚だったのかもしれないけれど、何だか観察されていたような気がする。

何だったのかなと首を捻《ひね》っていたら、ベルナデットがやってきた。

堂々とした足取りで傍《そば》にやってくるなり、あたし達を取り囲む嫌味人間達をジロリと睥睨《へいげい》し、あっという間に追い払ってくれる。

さすがとしか言いようがない。

最後に顔を合わせた時——お芝居のネタ晴らしをした時と同じく目の下に濃い隈《くま》があるので、その分迫力が増していたのだろう。

「ご機嫌よう。お加減はいかが?」

そう声をかけると、ニッコリしていながらも怖い笑みが返ってきた。

しまった、地雷を踏んでしまったようだ。

「ご機嫌よう。ミシェイラ様のおかげでとてもよろしいですわ」

「とても」の部分をやたらと強調された。

そうよね、あたしがあんな迷惑な置き土産を残していったせいで、大変だったよね。

ただでさえ忙しいベルナデット達なのに、仕事が更に増大してしまったはずだ。

「此度《こたび》の事に関して、全ての責任は私にある」

と、アルフォートが口を挟んできた。

「その件については感謝こそすれ、非難するつもりはありません。ただ、ミシェイラ様はサタレン地方政府の顧問《こもん》なのですから手伝ってくだされればよいのにと、恨み言を申し上げたくなっただけです」

なるほど、ベルナデット達に何もかも押しつけて逃げてしまった事を怒っているのか。

こりゃ、ごめんねと笑って誤魔化《ごまか》すしかない。

「ミシェイラ様が大きな課題をいくつも残してくださったおかげで、今も皆が仕事に追われているのですよ」

「もう期限はなくなったのですから、ゆっくりおやりになられたら？」

「わたくし達が働いた一分一秒が、民の暮らしを豊かにする。そうおっしゃったのはどなたですか」

はて、そんな事言ったっけ？

あたしは首を傾げた。

「間違えました。そうおっしゃったのはジュール殿でしたわ」

一体どういう流れでそんな話になったのやら。

多分、あたしが種明かしした後に、ジュールが説教でもかましたんだろう。あたしなんかの策にはめられてどうするとでも言ったのかな？

「彼がそのような事を言ったのですね。少しきつい言い方になってしまったようですが、悪気はないのです」

「いいえ、あの方のおっしゃった事は全くもって正しく、少しの反論もできませんわ。わたくし達にとっては耳に痛い内容でしたが、だからこそ言われっぱなしにはしておけません。二度とあのような事は言わせませんわ」

大公家令嬢にすら容赦しないなんて、さすがブレない男だ。そんなジュールに呆れるべきか、尊敬すべきか、複雑な気持ちである。

「どうかご無理はなさらないでくださいませ」

「ミシェイラ様ほどの無理はしておりませんわ。実はミシェイラ様から仕事を引き継いだ後、陛下に交渉したところ、お力添えいただける事になりましたの」

「それはよかったですわね。……と申し上げてよろしいのかしら？」

皇帝にお願いなんてすれば、代わりに結構な難題を課される。それは身をもって体験済みだ。

「代わりに厳しい期限を提示されましたわ」

その期限を厳守するために、こんな隈《くま》まで作って頑張ってるのね。

「わたくしに急《せ》かされ、陛下にまで急かされるとは、災難ですわね」

「……ミシェイラ様が課した期限に比べれば、まだ易《やさ》しいですわ」

ボソッと呟《つぶや》かれた言葉に、アルフォートがクスリと笑った。

「姫、これは一本取られましたね」

一瞬ムッとしたあたしだけれど、すぐに笑いが込み上げてきた。暴君大作戦の事を思い出してしまい、無性におかしくなったのだ。

笑いを堪《こら》えるあたしをベルナデットが軽く睨《にら》んでくる。あたしは慌てて口を引き結び、明後日の方を見上げた。

そこへアルフォートとベルナデットの共通の知り合いらしき男性がやってきて、仲良く会話を始める。

意味がさっぱりわからん話ばかりだったので、あたしは聞き役に徹する事にした。

「退屈な話題で申し訳ありません」

あたしを気遣い、男性はそう口にした。

「いいえ、大変興味深く拝聴《はいちょう》しております。お気になさらないでくださいませ」

「そうですか？　ご婦人好みの話題ではないでしょう？」

これに反応したのはベルナデットだ。

「まあ！　わたくしとて婦人の端くれでしてよ」

「おや、これは失礼しました」

男性は飄々《ひょうひょう》としている。ベルナデットとは軽口を叩き合えるほど気心の知れた関係のようだ。

「……そうか、あそこの麦の収穫は今年は少なくなりそうだな」

「はい。確かな筋からの情報なので間違いないでしょう。帝国内でも北方に位置するため、天候に左右されやすいのです。特に今年は雨が多くて気温が上がらなかったようでして」

アルフォートの言葉に男性が答えた。

「サタレンへの復興支援もまだ当分必要ですし、心配ですわね」

ベルナデットは難しい顔で言う。

サタレンへの支援分の麦を確保しなきゃならないので、その事を言っているのだろう。

三人はその後も真剣な表情で情報交換していく。

「そうそう、ワルブトにおける旱魃《かんばつ》の被害は予想していた以上にひどいらしいですよ」

「……それもまた心配ですわね」

ベルナデットは深刻そうな口ぶりだった。

アルフォートも珍しくため息をついている。

知っている話題だったので、あたしはつい口を挟んでしまった。

「随分前から雨が降らなくて困っていたようですが、今もまだ降らないのですか……一体どうなっているのでしょうね」

あたしの言葉を耳にした三人が、はじかれたように振り向く。

「ど、どうなさいましたの？」

あたしは戸惑いながら訊《き》いた。

「ミシェイラ様、ワルブトの旱魃について以前からご存知だったのですか？」

ベルナデットが三人を代表して問いかけてくる。

「ええ。うろ覚えですが、だいぶ前に聞いた記憶があります」

「それはいつ頃の事でしょうか？」

アルフォートの問いを受け、あたしは考え込んだ。

う～ん、確かサフラスタンに来てすぐだったような。ぼんやりとしか思い出せないけど、感覚的にはそのくらいだった気がする。

「わたくし達が婚礼を挙げたばかりの頃だったかと」

「間違いありませんの？」

「自信はないですけれど、おそらくそれくらいかと。何か問題でもあるのですか？」

あたしの不安を払拭《ふっしょく》するためか、アルフォートは笑みを浮かべて言った。

「いいえ、姫には何の問題もありません。ただ、この旱魃問題が発覚したのはつい最近の事なのです。後ほど……そうですね、屋敷に戻った後にでも詳しくお聞かせ願います」

「それは構いませんけれど……」

問題が発覚したのはつい最近なのに、あたしはだいぶ前から知っていた。それって誰かが情報を握りつぶしていたか、もしくは報告をし忘れていたって事なんじゃないかな。不注意によるミスなのか、それとも故意なのか、そこが問題だ。

報告すべき情報を報告しなかったと、あたしが責められたらどうしよう……

アルフォートが『屋敷に戻った後にでも』と口にした事で、この場ではこれ以上追及すべきでないと判断したのか、ベルナデット達は全く別の事を話し出した。それが妙に不自然な態度のように感じられ、何とも言えない不安が募る。

やがて男性が離れていくと、あたしもそれなりに親しくしている人達がやってきた。

孤児院の子供達を屋敷に迎え入れた後に知り合った人が大半で、嫌味を言われる事もなく、お互いに近況を報告し合う。そのおかげで先ほど抱いた不安も薄れていった。

「ご無沙汰しております」

そう言ったのは、あたしの友人であるパストゥール伯爵令嬢ロールだ。相変わらず控えめで優しげな雰囲気をまとっていて、あたしも自然と笑顔になってしまう。

「お元気そうですわね」

「おかげ様で。妃殿下のご活躍も耳にいたしましたわ」

ロールにその事を言われると、どうも目が泳いでしまう。サタレンでの暴君ぶりを、彼女のような純粋で優しい人には知られたくなかったのだ。

「ご活躍だなんて。わたくしは何も……」

思わず目を逸《そ》らしたところで、ロールの傍《そば》に連れと思《おぼ》しき男性が立っているのに気付いた。

あらお連れさんがいたのねと、視線を上に向けて相手の顔を見たあたしは、ギョッとして思わず後ずさりしそうになる。

その連れの男性は、殺気に満ちた眼差しをこちらに向けていたのだ。

怖いのは視線だけじゃない。かなり体格がよくて、アルフォートより頭一つ分ほど背が高い。筋骨隆々《りゅうりゅう》で服がはち切れそうだし、顔も厳《いか》ついのだ。草食系だとか肉食系だとかそういう風に表現するなら、野獣系。

あたしはどうにか平静を装ったけど、冷や汗が噴き出てくるのは止められなかった。

「ご紹介が遅れて申し訳ありません。友人の……」

あたしの視線に気付いたロールが何か口にしたものの、動揺のあまりほとんど耳に入ってこない。

「お初にお目にかかります」

重低音な声でボソッと挨拶《あいさつ》され、ますます委縮《いしゅく》してしまう。

そんなあたしを困ったように見ていたロールが、そっと近寄ってきて耳打ちしてくれた。

「あの、妃殿下を前にして緊張しているようなのです。少々無礼な態度かもしれませんが、彼に悪気はありません」

緊張しているからって、人を殺気のこもった目で睨《にら》みつけるか!?　とは思ったけれど、ロールがそう言うのだからそうなんだろうと、あたしは無理やり自分を納得させた。

「初めまして」

何とか笑顔で返事をしたものの、あまりにも迫力のある御仁《ごじん》を前に、それ以上の言葉が出てこない。

失礼だから絶対に口にはしないけど、いくら何でも顔が怖すぎだ。こんな人と普通に接しているロールがあたしには勇者に見えた。

けれど、どうにか気持ちを落ち着かせて言葉をいくつか交わしてみたら、本当は優しい人だとわかった。人は見かけによらないものだな。

彼の意外なほど穏やかな人柄を知って、女の勘がピーンと閃《ひらめ》く。

「一つお訊《き》きしてもよろしい？　もしかして、以前貴女にアドバイスしてくれたというご友人は、この方ではありませんか？」

ヒソヒソと小声で訊《たず》ねると、ロールはニッコリ笑って頷いた。

あら、勘が大当たり。それどころか、あたしのゴシップアンテナが盛大に反応している。

野獣系な彼はロールを、ロールはアルフォートを……なんて三角関係を勝手に想像してしまい、野次馬根性が顔を出した。

あんまり根掘り葉掘り訊《き》くのは失礼だからと、訊きたい気持ちをグッと押し殺す。

でも、すっごく訊きたい～!!　どうなってんの!?

あたしは一人悶々《もんもん》としつつ、ロール達カップルを観察してしまった。

やがてロールをはじめとした面々が去ると、ベルナデットとアルフォートだけが残る。

一人で想像を膨らませていたあたしは、ベルナデットがポツリと呟《つぶや》いた声で現実に引き戻された。

「サタレンでの件は……」

ん？　と思って見やると、ベルナデットは珍しく伏し目がちにしていた。

「どうしました？」

「いえ、何でもありませんわ」

彼女は悩んだ末に言いかけた言葉を呑み込んだらしく、首を横に振る。そして意識を切り替えるかのように明るい声で言った。

「それにしても、ミシェイラ様は大胆ですわよね。サタレンではまるで人が変わったみたいに振舞われて。よほど顧問《こもん》の地位を降りたいのかと思い、すっかり騙《だま》されましたわ」

あたしはニヤリと笑って答えた。

「騙されてくださらなければ、意味がありませんわ」

その言葉に、ベルナデットは口を尖《とが》らせる。

「そうでしょうけれど、ご自身の体面をどれほど傷つけたかおわかりですか？」

あれだけ騙されてもあたしの心配をしてくれるだなんて、まったくお人好しだなぁ！

「笑い事ではありませんわ。アルフォート様も、なぜお止めにならなかったのですか？」

あたしが迂闊《うかつ》に笑ってしまったせいで、矛先《ほこさき》がアルフォートに向いてしまった。あたしは慌ててフォローする。

「反対されたのに、わたくしが押し切ったのです。アルフォート様に責任はありませんわ」

「たとえそうでも、アルフォート様が承認なさらなければよろしかったのです。だいたい、他にもっとやりようがあったはずですわ」

ベルナデットは頬を可愛らしく膨らませている。プンプンという擬音が聞こえてきそうだ。

「何度も言っているではありませんか。わたくしの願いは一つだけだと。そのためにはどうしても必要な事だったのです」

あたしは笑顔で返した。

体面に傷がつけばつくほど、顧問を辞任しやすくなるじゃない。一番の目的がそれなんだから、もし他の手段があってもあえてそちらを選ぶ事はない。

「……本当にそれだけのために、あのような事をしたのですか？」

「もちろんです」

そう言って、しっかりと頷いてみせた。

あたしは嘘が嫌いだし、嘘は少なければ少ないほどほころびが出にくい。だから基本的にはしっかりと本心を口にしてきたのだ。暴君の演技中も、あたしの台詞《せりふ》に嘘はほとんどなかった。

「たったそれだけのために、ご自身を犠牲にしただなんて……」

ベルナデットはワナワナと身を震わせる。

「良い考えでしょう？」

あたくしがいたずらっぽく言うと、激しく噛みつかれた。

「なりふり構わないにもほどがありますわ！　下手をすれば、陛下や皇太子殿下の思惑すら無下にしかねませんでしたのよ⁉」

皇帝や皇太子が亡くなった場合のシミュレーションとして今の地位を与えられたにもかかわらず、その地位を降りるために努力したわけだから、確かに皇帝等の思惑すら無視した自分勝手な行動ではある。

ベルナデットが怒るのもわかるけれど、そのくらいしないと厄介な状況から抜け出せないのだから仕方がない。

そう反論しようとしたら、急にベルナデットがニッコリ笑った。

「ですが、ご安心ください。わたくしがしっかりフォローさせていただきました」

「……え？」

フォローって何？

嫌な予感がじわじわと湧き上がる。

「ミシェイラ様の悪い評判は、可能な限り訂正して回りましたの。今回の件についても広く知らしめ、民に正しく理解していただきましたわ。ですからミシェイラ様の評判は、一気に上がっておりましてよ。もはや顧問《こもん》の解任などありえませんわ」

あたしはぐうの音《ね》も出ない。

な、何て事をー!?

「ベルナデット、それではわたくしの苦労が……」

青ざめるあたしに、彼女は毒がたっぷり含まれた笑顔をプレゼントしてくれた。

「ミシェイラ様のおかげで、官吏《かんり》達の間に生まれつつあった溝も埋まっております。例の鉱脈があれば財政の方も当面は心配無用ですし、懸念《けねん》事項が一気に解消されました。素晴らしい成果ですわ」

よろしかったですわねと、ベルナデットはダメ押しのように言う。それが今のあたしにとって一番のダメージになるとわかっての台詞に違いない。

……やられた。

最後の最後で、してやられた。

ベルナデットはリディアーヌの補佐として、彼女を押しも押されもせぬ総督に育てる役目を任されている。だからあたしの評判を回復させようとはしないだろうと高をくっていたのに、見事それをやってのけた。

多分、これはベルナデット流のお返しなのだろう。

くそう。ベルナデットの性格を読み誤った!

「では、わたくしはこの辺で失礼しますわ」

ベルナデットが足取り軽く離れていくと、アルフォートは穏やかに言った。

「残念でしたね」

そう言いつつも、彼は全然残念そうじゃない。

もしや、こうなる事を見越していたのか？

「本当にそう思っていらっしゃる？」

胡散臭《うさんくさ》そうな顔で言えば、もちろんだと頷かれた。

「姫がどれほど顧問《こもん》の地位から降りたがっておられたか、私は存じています。評判に傷がついたとて、貴女は気になさる方ではないし、私も気にしません。ですから姫の望んだ結果にならず、ただ残念です」

あたしの評判に傷がついても気にしないというのは、あたしの事などどうでもいいという意味ではないと思う。あたしがどういう人間かよく知っているから、周りの評判がどうであれアルフォートの中での評価は変わらないという意味じゃないかな。

かーっ、甘い！　砂糖にシロップかけたくらい甘いよ！　うっかり照れてしまうじゃないか。

こういう天然の口説《くど》き文句がさらりと出てくるんだから、本当に侮《あなど》れないわ。

そう思っていたら、会場に音楽が流れ始めた。

「ああ、ダンスが始まったようですね。どうしますか？」

あたしのダンス嫌いとダメダメぶりを知っているからこその確認だろう。

皇族なのだから一曲くらいは踊っておくべきなんだろうけど、アルフォートは嫌なら踊らなくてもいいよって暗に言ってくれている。その気遣いをありがたく受け取っておこう。

「遠慮させていただきますわ」

踊り始めた人々の姿を、あたしは羨望《せんぼう》の気持ちと共に眺めた。

会場にはクルクルと回る踊りの輪ができている。色とりどりのドレスが広がり、ただ見ている分にはとても楽しい。あたしの中の乙女心が刺激されるけれど、見ているだけで十分。むしろ見ているだけの方がいい。

そう思っていたら、一際目立っているカップルを見つけた。中年の男性とベルナデットだ。

その男性とは宮殿の庭園で散歩をしている時に何度か出くわしたけれど、名乗り合った事はない。嫌味なく普通に会話してくれた数少ない相手なのでよく覚えている。

年齢の割に鍛えられた身体をしていて腹も出ておらず、思わずうっとりしちゃうくらいダンディなオジサマだ。このオジサマとベルナデットがいかなる繋がりでダンスをしているのか、大いに気になるところである。

彼は年齢を考えるとハラハラしてしまうほど軽やかに動き、ベルナデットを巧みにリードしている。ぎっくり腰とか大丈夫なのかとつい心配してしまうけれど、そんな心配は無用とばかりのキレな動きだ。

オジサマにリードされて踊るベルナデットは、まさに大輪の華。難しそうなステップをいともたやすく踏んでいる。

あれぞまさに正真正銘のお姫様。あたしには眩《まぶ》しい限りだ。

「ベルナデットは何でもおできになるのですね。羨《うらや》ましいですわ」

あたしが正直な思いを口に出すと、アルフォートは小さく苦笑した。

「彼女にそれをお伝えになれば、喜びますよ」

「ベルナデットは賞賛に慣れているでしょうし、わたくし程度の言葉ではお喜びにならないでしょう」

むしろ当たり前の事を言うなって怒られたりしてね。

「それにしても、今回の件はベルナデットに完敗ですわ」

「それは彼女が聞いたら怒りそうだ。きっと姫とは全く逆の事を言うと思いますよ」

アルフォートの言わんとする事はわかる。あれだけベルナデット達を振り回しておいて、完敗したはないだろう。

だけど、あたし自身はやっぱり負けたとしか思えない。

「わたくしはベルナデットの性格を読み誤ったのです。あれだけわたくしの筋書き通りに事が運んだのに、最後の最後でひっくり返されるなんて。これを負けと言わずして、何と言えばよいのでしょう」

「引き分けではいけませんか？」

「アルフォート様なら、引き分けとお考えになりますか？」

「さて、どうでしょう」

アルフォートは明言を避けたが、否定はしなかった。

スポーツの世界では結果より過程が重要と言う人もいるけれど、今回のはスポーツとは違うんだし、あたしは結果が全てだと思う。

自分が望んだ結果じゃないのなら、それは失敗したのと同じだ。

七　悪意の行方

夜会の翌日、ジュールがワルブトの旱魃《かんばつ》について話を聞くため、あたしの部屋に来た。

そういえば、アルフォートが後で詳しく聞かせて欲しいと言っていたっけ。

「旱魃についてどちらでお知りになったのか、お教えくださいますか？」

ソファに向かい合って座った途端、そう切り出された。

「ええと……」

いつ、どこで知ったんだったか？

ワルブト、旱魃、ワルブト、旱魃、と脳内で呪文のように唱えながら、うろ覚えな記憶を引っ張り出そうとする。

『ワルブトの旱魃のせいで家にも帰れないのに……』

そんな台詞《せりふ》がポンと頭に蘇《よみがえ》った。

そうそう、思い出した。誰かに愚痴を聞かされたんだった。こっちはワルブトで旱魃が起きたからその対処で家に帰れないほど忙しいのに、お前は呑気そうでいいなと嫌味まじりに愚痴られたのだ。

雨は一向に降らないし、上司は頼りないどころか無理難題ばっかり吹っかけてくるし、こっちの身になってくれみたいな愚痴を延々と聞かされたような気がする。

結婚直後はよく宮殿内を散歩していたから、その途中で役人のオジサン連中に捕まっては嫌味を頂戴《ちょうだい》していた。でも嫌味から愚痴に発展したケースはそれほど多くなかったから、何となく印象に残っているんだと思う。

「宮殿を散策中に聞いたのですわ」

「といいますと、たまたま殿下に同行された際ですか？　それとも大公殿のお屋敷が襲撃されて、宮殿に避難されていた時の話ですか？」

「アルフォート様に同行した際ですわね。まだこちらに来て間もない頃だったのではないかしら。本宮内を散策していた時に、行き会った役人と軽く立ち話をしていたら、そんな話題が出てきたのです」

「なぜ旱魃についての話題になったのですか？」

「旱魃についてというより、仕事の愚痴を聞かされたのです。疲れ切った様子だったので大変そうですねと言ったら、ワルブトに雨が降らないせいで寝る間もないほど忙しいと言われました」

「その者は間違いなくワルブトと口にしていたのですね？」

ジュールに念を押されて、あたしは曖昧に頷く。

正直、具体的な地名はうろ覚えだし、聞き返されるとちょっと困る。

「おそらくそうだとしか言えませんわ」

「では、ご成婚後間もない頃というのは間違いありませんか？」

「それについても断言は……そうだわ。少々お待ちいただけますか？　記録を見て参ります」

ポンと手を打って、あたしは言った。

ふと大事な事を思い出したのだ。

「記録？」

ジュールが訝《いぶか》しげに聞き返してきた。

「はい。毎日つけている日記に書いてあると思いますので」

ルーシーから書くように言われたお妃様日誌が、こんなところで役に立つとは思わなかった。毎日真面目に書いていた甲斐《かい》があったというものだ。

あたしはソファから立ち上がり、書き物机に向かった。

引き出しを開けて目当てのものを取り出す。

既に三冊目になっているので、まずは該当の記述がそのうちのどれに書かれているかを確認しなければならない。一冊ずつパラパラとめくりながらそのページを探した。

ほどなくしてそれを見つけたあたしは、その内容に目を通す。

うん、あたしの記憶と同じ事が書かれている。日付も婚礼の三週間後くらいだから、やはりあたしの記憶は正しかった。

日記を引き出しの中にしまい、ジュールの待つ居間へ戻る。

「お待たせいたしました」

「いいえ。それで何かわかりましたか？」

「はい。間違いなくワルブトです。聞いた時期も先ほどお話しした通りで間違いありませんわ」

あたしは自信満々に言い切った。

「そうですか……。失礼を承知で申し上げるのですが、該当の部分だけで結構ですので、見せていただく事は可能でしょうか？」

えっ⁉　とあたしは驚いた。だって日記を見せろだなんて言われるとは思わなかったのだ。

まあ、いずれどこかに提出する事になるかもと思って真面目に書いているやつだから、問題はないのだけど……。

どうしようかなと悩みはしたが、結局あたしは頷いた。

「取って参りますわ」

そう言うと、ジュールは頭を下げた。

「……ありがとうございます」

彼も人の日記を見るなんて非常識だと認識しているのだろう。それを見せて欲しいと口にするのは抵抗があったはずだ。

それを押してまで頼んできたと思うと、ちょっと不安だ。あたしがワルブトの旱魃《かんばつ》を知っていた事が、何か大きな問題にでもなっているんじゃないのか？

あたしは書き物机から日記を取り出し、該当ページを広げてジュールの前に置いた。

さっとページに目を走らせ、ジュールはポツリと零《こぼ》す。

「随分と簡潔な日記ですね」

ただ事実を羅列しているだけだから、そう思うのも当然だ。

いずれ提出するかもしれないと思うとプライベートな事なんて書けないし、感想みたいなものもごくわずかしか書いてない。

ハッキリ言って色気のない日記なのである。

「読みやすさを重視していますから。後ほど返却していただけるのでしたら、お持ちいただいても結構ですよ」

あたしの言葉に、ジュールが珍しく驚きを露《あら》わにした。

「よろしいのですか？」

「ええ。人に見られて恥ずかしい事は何一つ書いていませんもの」

ジュールは机の上の日記を取り上げながら言う。

「では、お言葉に甘えさせていただきます」

彼はそのまま部屋から出ていったのだけど、あたしは何だかモヤモヤしていた。

本当に何だったんだろう？　ワルブトの事を黙っていたからって、怒られたりするのかしら？

……いや、まさかね。そんなんでいちいち怒られていたらたまんない。

そう思いつつも妙な胸騒ぎを覚え、不安で落ち着かない一日を過ごしたのだった。


夜になって周りが静かになった頃、あたしはベッドから起き上がった。

こうして周囲が寝静まった後に起き出すのは日課になっていて、ここからがあたしの貴重な自由時間なのだ。

それなのに、ハアッと大きくため息をついてしまう。

昼間のジュールの態度はただ事ではなかった。昨夜のアルフォートの反応からして何やらまずい事を言ってしまったのはわかるんだけど、何が悪いのかはさっぱりだ。

雨が降らないっていうのが何だって言うの？　ベルナデットだって知っていた事を、あたしが知っていて何がいけないのだろう？

旱魃《かんばつ》の問題が明るみに出たのはつい最近なのに、あたしはそれを随分前から知っていた。皆はそこを重視しているようだから、問題は時期なのかもしれない。

うーん、わからないな。

時期が問題になるとしたら、誰かが故意に情報を握りつぶしていたとか、報告し忘れていたとか、そういう事だと思う。

だけど旱魃ほどの大きな問題について、情報を握りつぶしたりとか報告をし忘れるとか、そんな事があるのだろうか？

何だか納得がいかなかった。

暗い部屋の中、ソファに膝を立てて座り、そこに顎《あご》を乗せて考え込む。

あたしはほの明るい窓の外をぼんやりと眺めた。別の部屋の窓から零《こぼ》れ出た光が、庭園をうっすらと照らしている。

多分、この光はアルフォートの執務室から漏れているんだと思う。きっと彼は今夜も遅くまで仕事をしているのだろう。

彼にワルブトの事を訊《き》きに行ってみようか。そんな考えが頭に浮かんだが、すぐにそれを打ち消す。

こんな時間にわざわざ訊きに行ったりしたら驚かせてしまう。無駄にビビリだと思われるのも癪《しゃく》だし、訊くなら昼間にしておかないとね。

どこか遠くから、馬の蹄《ひづめ》が石畳を叩く音と、馬車の車輪が回る音が響いてくる。この建物は道路からだいぶ離れていて、路上を行き交う馬車の音など聞こえてこないはずなのに。

そんな事を思っていたら、庭園を照らす光が不安定に揺れた。光源となっている部屋からの明かりが遮《さえぎ》られたからだろう。

アルフォートやジュールが動く事によって時々そうなる事はあるけれど、こんな風に断続的に揺れるのはかつて見た事がない。

何事かと思い、あたしは窓に近寄ってアルフォートの執務室の方を見やった。

室内に何人もの人影が見える。窓に一番近いところにはアルフォートが立っていて、その後ろにジュール、更に執務室の入り口の方にも幾人かいる。顔までは判別できないけど、揃いの制服を着ているのは見て取れた。

窓を少し開けて耳を澄ますと、口論しているような声が途切れ途切れに聞こえてくる。

やがて話がついたのか、制服の集団は一人を残して退室していく。

それと同時にアルフォートが動こうとしたのを、残った一人が鋭い口調で止めた。

一体何が起きているんだ？

混乱していたら、部屋の扉が激しくノックされた。

盗み聞きしていたのを隠すため、慌てて窓を閉める。

それとほぼ同時に、侍女のマルゴが慌てた様子で走り込んできた。

「夜分に失礼します！」

パッと部屋の明かりが灯る。

「どうしたのですか？　そんなに慌てて……」

眩《まぶ》しさを堪《こら》えつつ、あたしは訊《たず》ねた。

「ああ、妃殿下！　急いでお着替えを。今、今すぐ用意いたします！」

「着替え？　どうして……。それよりも落ち着いて。何があったのですか？」

マルゴはあたしの問いを無視して、バタバタと衣装部屋へ向かってしまった。

何か大問題が発生しているってのはわかるけど、何をどうすればいいのかサッパリわからない。

誰かあたしに状況を説明してください！

部屋の外に出て誰かに訊けばいいのか、それともマルゴを追いかけていって説明してもらえばいいのか……

入り口の方と衣装部屋の方をオロオロと見比べながら、あたしはどうすべきかと悩んでいた。

「失礼いたします」

開け放たれた入り口の扉から見知らぬ男が入ってくる。

服装から先ほどアルフォートの部屋にいた人達のうちの一人だという事はわかったが、彼が何をしに来たのかという事までは頭が回らない。

あたしの今の格好は身体の線がはっきり出たネグリジェだ。ネグリジェの下に身に付けるものなんてせいぜいショーツくらいだし、ブラ代わりのコルセットもしておらず、いわばノーブラ状態。どうしてという疑問よりも羞恥心の方が強くて、隠れなくちゃとか上着を羽織らなくちゃといった考えが頭の大部分を占めていた。

「こちらは妃殿下の私室でございます！　いくら何でも無礼が過ぎますわ!!」

侍女のルーシーが男の横をすり抜けて部屋の中に入ってくる。そして両手を広げて彼の前に立ち塞《ふさ》がった。

侍女服こそ身に付けているものの、結った髪は半《なか》ば解《ほど》けて背中に流れている。急いで身支度したのが丸わかりだった。

「そのような事はわかっている。そこをどかぬか！」

「せめて妃殿下の身支度を整える時間を下さい。これではあまりにも……」

「皇太子殿下のご命令に逆らうのかっ。反逆罪で処罰してやってもよいのだぞ!?」

「ですが！」

ルーシーは必死になって食い下がった。

あたしは皇太子という言葉に驚き、そして恐怖する。

この人は、皇太子の命令であたしを連行しようとしているの？　つまり逮捕されるって事？

ザアッと血の気が引き、身体の芯から震えが走った。

「いい加減にしろ！」

男はルーシーの両手を掴んで捻《ひね》り上げた。

ルーシーは痛みのためか、苦しげに顔をゆがめている。

「ま、待ってください。ルーシーを放し……乱暴はしないでください！」

あたしはどもりながらも何とか言った。

すると男はルーシーの手を離し、手荒に突き飛ばす。

床の上に倒れたルーシーはすぐさま身を起こし、痛そうに腕をさすっていた。

「ルーシー！」

あたしはルーシーに駆け寄ろうとした。けれど男の横をすり抜けようとした際に腕を掴まれ、そのまま捻り上げられてしまう。

「妃殿下、おかしな真似はなさらないよう」

「……っ」

鋭い痛みに、あたしは歯を食いしばる。

そうしないと無様な悲鳴を上げてしまいそうだったのだ。

「妃殿下！」

扉の外から屋敷の人達が駆け寄ってこようとする。

それに気付いた男は彼等に向かって恫喝《どうかつ》した。

「全員動くな！　逆らえばそなた達も反逆者と見なす！」

反逆者という言葉にあたしはギョッとする。

そなた達『も』って事は、まさかあたしが反逆者だとでも言うの？

こんな手荒な扱いを、あたしはこの世界に来て初めて受けた。

これまでも馬鹿にされたり蔑《さげす》まれたりした事はあるけれど、毒殺未遂を除けば物理的な危害を加えられた事はない。常に危うい立場ではあったけど周りが守ってくれていたからだ。

だけど、この人は正当な権利を持ってあたしを痛めつけている。下手にあたしを庇えばルーシーのようになってしまうから、誰もあたしを守ってはくれない。

アルフォートもここには来ない。きっと彼は執務室で足止めされていて、身動きが取れない状況なんだと思う。

「手を離しなさい」

「できません。武器などを取られては困りますので」

「ルーシーの様子を見るだけですわ」

「勝手な振る舞いはなさらぬよう。今の妃殿下は被疑者なのです」

男に手を離す気はなさそうだった。

ルーシーは床に座り込んだまま、険しい目で男を見ている。

「いくら何でも妃殿下に対して無礼ですわ！」

「黙れ！　ご身分を慮《おもんぱか》り、逆賊としてはこれ以上ないほど丁重に扱っている。何なら縄で縛り、引きずっていってやろうか⁉」

その言葉に、辺りがしんと静まり返った。

そこへヴァレリーの声が響く。

「ならば、その罪が何なのか言え。さもなくば皇族に狼藉《ろうぜき》を働いたとして、お前を斬り捨てる」

男はヴァレリーの言葉をせせら笑った。

「皇太子殿下の許可なく明かす事はできない。それとも皇太子殿下のご意思に逆らうつもりか？」

そう脅《おど》されても、ヴァレリーは全く動じない。

「皇太子殿下のご指示は、妃殿下を宮殿にお連れしろというもの。罪人のように引っ立てろとはおっしゃっていない。違うか？」

「……」

男は無言のまま、ギリギリと音がしそうなほど歯噛みした。

どうやらヴァレリーの言葉は間違っていないらしい。反論できない悔しさからか、あたしの手を捻《ひね》り上げる手に力がこもる。

「図星か。ならばその手を離せ」

「黙れ。さもなくば、お前も逆賊として処罰してやってもよいのだぞ」

その脅《おど》しにも、ヴァレリーは動じなかった。

「私には両殿下をお守りする義務と権利がある。それを行使するまでだ」

アルフォートの指示なのかジュールの指示なのかはわからないけれど、ヴァレリーはそれを遂行しようとしている。最悪の場合、逆賊として処罰されるかもしれないのに。

ヴァレリーと男はしばし睨《にら》み合う。

やがて男は渋々あたしから手を離した。

緊迫した空気なのは変わらないが、一触即発といった雰囲気ではなくなる。

ルーシーもようやく立ち上がった。どうやら大きな怪我はないようだ。

傍《そば》に行って確かめたかったたが、不用意に動いたらまた痛い目に遭うかもしれない。だから心配だったけど、ただ見ている事しかできなかった。

掴まれていた腕をあたしが無意識にさすると、こちらを見ていたルーシーが眉根を寄せた。

いけない。これ以上彼等に心配かけちゃダメだ。

そう思い、痛みを訴える腕から手を離した。

「妃殿下をお連れする前に、せめてガウンだけでも羽織らせて差し上げてください」

ルーシーは先ほど男に突き飛ばされたばかりというのに、果敢に言った。

「ダメだ」

男はにべもなく却下する。

「ガウンに何を仕込まれるかわかったものではないからな」

「では、このような薄着で出歩けとおっしゃるのですか？　女性に対してなんて無作法な！」

このルーシーの非難には思うところがあったのか、男は意見を翻《ひるがえ》した。

「む……そこまで言うのならば仕方がない。怪しいものが仕込まれていないか調べた上でなら、ガウンを着る事を許そう」

その言葉を聞いて、立ち尽くしていたマルゴは慌てて寝室へと駆けていった。

寝室の方から何かをひっくり返すような音がした直後、マルゴが駆け戻ってくる。その手にはガウンが握られていた。

マルゴが男の前にガウンを広げ、何も仕掛けがない事を確認してもらう。男の許可が出た事で、あたしはようやくそれを羽織る事ができた。

ガウンを羽織ると、すぐさま部屋の外へ連れ出される。

廊下では物々しい装備品を身に付けた男達が待ち構えていた。どれも見た事のない顔ばかりで、犯人連行といった雰囲気が本格的に漂《ただよ》う。

あたしが一体何をしたというのか。

何だか泣きたくなったが、奥歯をグッと噛み締めてそれに耐える。

廊下を進み、玄関ホールを抜けて屋敷の表に出ると、そこには窓のない黒い馬車が停められていた。あたしはそれに無言で乗り込む。

馬車の質はいつも使っているものより明らかに数段落ちる。クッションは硬くて薄いし、使われている布地の肌触りもよくない。いかにも犯人移送のためのものという感じだった。

馬車の中で一人きりになると、不安で震えが止まらない。あたしはこれからどうなるのか、なぜこんな事になったのか、そればかり考えていた。でも、いくら考えても答えは見つからない。

身に覚えはないけれど、あたし自身が何もしていなくても、人に陥《おとしい》れられた可能性はある。

それに、あたしは最近調子に乗っていたから、やっかみを受けて罪を捏造《ねつぞう》されたかもしれないのだ。

これからどうなるのだろう？　牢に入れられて尋問を受けるのか？　そもそも尋問だけで済むのだろうか？

ありもしない罪を捏造されたとしても、今のあたしは動揺していて、無実を証明する事なんてできないと思う。もしかしたら自白しない（できない）から拷問しようって事になるかも……

脳裏には、サタレンで見たスパディーニ元将軍の痛々しい姿が蘇《よみがえ》っていた。

あたしもあんな目に遭うのだろうか。

……嫌だ！　あんな目に遭うくらいなら、いっその事今すぐ死んでしまいたい。

いや、まだ拷問を受けると決まったわけじゃない。早まってはダメだ。だけど……牢に入れられた後、いよいよ拷問されそうになった時、自殺できる手段があるだろうか？

今なら適当な名前を宣言するだけで済む。偽りの名を口にすれば、それこそ苦しいと意識する事もなくあっという間に死ねるのだ。

ぐずぐずしていて牢に入れられ、口を封じられてしまったら。猿轡《さるぐつわ》をはめられ、舌を噛めなくなってしまったら。そんな状況では簡単には死ねない。

どうしよう。

あたしは震えながら悩みに悩んだ。

こんなところでは死にたくない。どうせ死ぬのなら元の世界に帰って、家族の傍《そば》で死にたい。そんな思いがぐるぐると頭の中を巡っていた。

そうしているうちに、宮殿に着いてしまった。

外の様子は見えないが、馬車が停まって誰何《すいか》する声が聞こえたから、宮殿内に入ったのだと思う。

いつものように馬車は奥へと進んでいく。

紋章も何もついていない馬車が進んでいくのを、通り過ぎる人達は訝《いぶか》しげに見ているのだろうか。それとも夜だから誰も見ていないだろうか。

やがて再び馬車が停まり、扉が外から開かれた。

「どうぞお降りください」

そう声をかけてきたのは、先ほどの横暴な男だった。

ギクシャクとした足取りで、あたしは地面の上に降り立つ。

男が連れてきたらしい屈強な男達に前後左右を固められ、本宮でもあまり近づいた事のない建物の中へと足を踏み入れた。

物々しい武装をした集団に囲まれたまま歩く。いや、足早に歩く騎士達についていくため、もはや小走りとなっていた。

これから何が待っているのかを想像するだけで心臓が跳ね、足が震えて今にももつれそうだ。

しばらく頑張っていたけれど、とうとうつんのめって転びかけたあたしの腕を、横にいた人が掴んで支えてくれた。おかげで転ぶ事はなかったものの、一行の足が止まる。

先頭を歩いていた例のリーダーらしき男が舌打ちと共に振り返った。

「殿下がお待ちです。お急ぎください」

それだけ言うと、彼はあたしの腕を取って歩き出した。

さっきよりスピードが上がり、あたしは引きずられそうな勢いで連れていかれる。

とある部屋の前で男が足を止めた時には、あたしはかなり息が上がっていた。日頃の運動不足がたたったようだ。

俯《うつむ》いて息を整えつつ、これから何があるのかを想像して怯《おび》える。こんなあからさまに犯罪者として扱われているんだから、どんな厳しい取調べを受けるかわかったもんじゃない。

ここは元の世界と違って人権意識が低い。犯罪者と見なされれば、あのサタレンの将軍と同じような目に遭わないとも限らないのだ。

マクシミリアンは、あの将軍を倒したアルフォートとほぼ同じ力を持っているはずだから、きっと似たような事ができるだろう。

リーダーの男は恭《うやうや》しい動作で扉をノックした。

「ご命令通り、ミシェイラ妃を連行いたしました」

扉の向こうからガタンと大きな物音がし、次いで荒々しい足音が響いてきた。

両開きの扉が内側から開け放たれ、応対に出てきた人物とリーダーの男が軽く言い合いをする。

あたしは自分の事でいっぱいいっぱいで、二人の会話が耳に入らなかった。

「ミシェイラ妃殿下、どうぞお入りください」

応対に出てきた人にそう促されて、あたしは俯きがちに部屋の中へと足を踏み入れる。

すると応対に出てきた人が、あたしを連行してきた男達に冷たく命じる。

「お前達は隣室にて待機だ。沙汰は追って言い渡す」

「お待ちくださ……」

リーダーの男の言葉を遮《さえぎ》るように扉が閉められた。

沙汰と言っていたけれど、何か大きな失態でもあったのかな？　あたしに手錠をかけなかったとか、そういう事？

かなりひどい扱いだと思っていたけど、まだ足りなかったのだろうか。

拷問の二文字が脳裏を駆け巡る。それがますます現実味を帯びてきて、心臓がうるさいくらいに脈打っていた。加えてひどい耳鳴りがして、周囲の音がくぐもって聞こえる。

そこへ部屋の奥から声がかかった。

奥にいるのは誰か——そんなの考えるまでもない。

マクシミリアンだ。

彼は応対に出てきた人物と何やら言葉を交わしている。

あたしは恐ろしくてそちらを見る事すらできず、ただ俯いて足元を見つめる。現実逃避だとわかっていても、立ち向かわなければダメだとわかっていても、顔を上げる事はできなかった。

涙でじんわりと滲《にじ》む視界の中に人の姿が入ってきた。応対に出てきた男性だ。彼はあたしと真っ直ぐに目線を合わせて、ゆっくりと口を開く。

身長差がある上にあたしは俯いているから、本来なら目線が合うはずはない。つまり彼はあたしの正面に膝を突き、わざわざ目線を合わせてくれたのだ。

何となく視線が逸《そ》らせなくて、あたしはじっと彼を見返した。

「妃殿下。私の言葉が聞こえますか？」

静かな問いかけに、恐る恐る頷く。

「これから別室へご案内いたします。そちらで少し落ち着いてください」

あたしは瞬《まばた》きを盛んに繰り返して涙を必死に散らした。

何で別室に行くのか理解できない。それに、落ち着くって何？

「今のお姿では色々と差し障りがありますので、別のご衣装に着替えていただきます。よろしいですか？」

相変わらず音がくぐもって聞こえるけれど、ゆっくり言い聞かせるような口調のおかげでしっかりと聞き取れた。

今の服装ではまずいから着替えろって事は、つまり犯罪者がこんな上等なものを身に付けているんじゃないという意味だろう。

ああ、だからか。

あたしを囚人服に着替えさせなかったから、あのリーダーの男は叱責《しっせき》されたんだ。あたしはようやく納得した。

だけど、ここまでの扱いをされるほどの罪って本当に何？　これは何かの悪い夢だと、現実を拒否したくてたまらない。

詳しい罪状を知らされる前に、あたしは部屋から出された。何はともあれ、今のあたしに相応《ふさわ》しい格好をせよという事らしい。

近くにある狭い部屋に連れていかれ、そこで身なりを整えるよう指示された。案内役の男性はすぐさま出ていったが、ご丁寧な事に女性の監視人を置いていく。

着替えを受け取ろうと手を差し出すと、首を横に振られた。手つきは丁寧であるものの、険《けわ》しい表情でガウンを脱がされる。武器なんて持っていないのに、全く信用されていないようだ。

次いでネグリジェにも手をかけられ、脱がされそうになる。

そこであたしは急激な吐き気に襲われ、前かがみになって両手で口元を押さえた。

「どうなさいました？」

監視人が驚いたような声で問う。

「吐き、そ……」

その言葉を耳にした女性は、入り口とは別の扉を指して言った。

「あちらに洗面台が――」

最後まで聞かずに、あたしは駆け出した。その勢いのまま扉を開け放ち、洗面台を見つけるや否《いな》やそこへ突進する。

そして洗面台に屈《かが》み込むなり、あたしは吐いた。生理的な涙が溢れてくる。

ゲホゲホと咳き込みつつ、蛇口代わりの文様に触れて水を勢いよく出した。

飛沫《しぶき》が飛び散り、手や顔を濡らしていく。しかし、今はそんな事に構っていられない。

ひとしきり吐くと、ようやく気分が落ち着いた。

今日の夕食はあまり食べなかったので、吐いた量はそれほど多くない。しかも半分くらいは胃液のようなものだった。

ふと、誰かが背中をさすってくれている事に気付く。あの監視人の女性だろう。

こんな状況でも労《いた》わってくれる人がいると思うと、生理的なものではない涙が出そうなほど嬉しかった。

「お立ちになれますか？」

優しく声をかけられ、洗面台に突っ伏すような形でへたり込んでいたあたしは、ゆっくりと頷く。

けれど洗面台に掴まり、手足に力を入れたところで、ツルッと手が滑った。

洗面台が濡れて滑りやすくなっていたのだ。

バランスを崩したあたしの目の前に洗面台が迫り、思わず目を瞑《つぶ》った。

ゴツッと鈍い音が頭に響く。

覚悟していた以上の衝撃があり、あたしは意識を失った。

八　変質する想い

フワフワとした意識の片隅で、アルフォートの怒声が聞こえた。

夢なのかな？

だって「ミシェイラ」と呼んでいた。

……うん、夢だ。アルフォートがあたしを名前で呼ぶわけない。そもそもアルフォートの怒声なんて聞いた事がないのに、彼のものだってわかるのもおかしい。

そう思って目を開けたら、思いもかけない人物の姿があった。

「ユリ、アーネ……？」

彼女はあたしと一緒にリオールからやってきた侍女だ。何も言わなくたってあたしが何を欲しているかを察し、甲斐甲斐《かいがい》しく世話をしてくれていた。だけどサフラスタンに着いてすぐ暗殺者に襲われたあたしを庇い、大きな怪我をしてしまったのだ。

「はい。ユリアーネでございます」

ユリアーネはいつも通り穏やかに微笑んでいた。

……ああ、やっぱり夢なんだ。

あまりに心細かったから、優しい人に傍《そば》にいて欲しいって思ったから、ユリアーネが夢に出てきたんだ。

あたしはぼんやりそう考えていた。

だってユリアーネは同じく負傷したダニエラと共に、まだ療養中だ。怪我はもう癒《い》えているけど、失った体力を取り戻すためのリハビリをしているので、ここにいるはずがない。だから夢でしかありえない。

「苦しくはありませんか？」

「……大丈夫」

「今お医者様をお呼びしますので、少々お待ちいただけますか？」

「医者……？」

「治療は済んでおりますが、念のため診察していただきましょう」

ユリアーネはそう言ってあたしに背を向けた。

あたしは思わず身を乗り出し、ユリアーネの侍女服を掴む。

すると、ユリアーネは驚いて振り返った。

「どうなさいましたか？」

「行かないで。……傍にいて」

普段のあたしなら、こんなユリアーネを困らせるような事は言えない。

夢だからこそ言える。夢だからこそ甘えられる。夢でなら人に縋《すが》って助けを求めても許されるはずだ。

侍女服を掴むあたしの手に、ユリアーネがそっと触れた。

「ご安心ください。どこにも参りません。ずっとお傍《そば》におります」

困惑した様子もなく、ユリアーネはただただ優しい声で言った。いかにも夢らしい、あたしにとってとても都合のいい反応だ。

でも、今のあたしにはそんなのどうでもよかった。とにかく人恋しかったのだ。

「横になって安静になさってください」

「でも――」

「お傍におります。どこへも行きませんわ」

手を離すのが嫌で躊躇《ちゅうちょ》するあたしに、ユリアーネはそう言った。

彼女はベッドの枕元に腰かけてあたしの手を外させ、そのまま腕を引いて膝枕をしてくれる。

ヨシヨシと頭を撫でる手つきはとても優しい。

これまた夢らしい、ありえない行動だ。

あたしはなぜだか泣きたくなった。ユリアーネの優しさに甘えていると、自分がどれほど恐ろしい思いをしたのかより実感できる。

ああ、そうだ。あたしは怖かったんだ。怖くて怖くて、その気持ちを全部吐き出してしまいたかったんだ。今はそれを我慢しなくていていい。夢なのだから、我慢する必要なんてない。

「怖かった」

そんな言葉が自然と口をついて出た。

「すごく怖かった」

言いながら涙が出てくる。

あたしはユリアーネの膝に顔を埋《うず》めてシクシクと泣いた。

「もう大丈夫です。何も恐ろしい事はありません」

子供のように泣いても、ユリアーネは笑わないし怒りもしない。

あたしは溜め込んでいた思いを言葉にした。

「何も悪い事してないのに、何で逮捕されるの？　何で？　マクシミリアンの指示に従わなかったのがダメだったの？」

しゃくり上げながらユリアーネに訴える。

「ミシェイラ様は何も悪くありません。無実の罪を着せられたのです。大丈夫。アルフォート殿下がミシェイラ様をお守りくださいますわ。人に嫌がらせをされたのなら、誰はばかる事なくアルフォート様に訴え、罰してもらえばよいのです。ミシェイラ様が我慢なさる必要などございません」

「でも」

「今回だって、アルフォート殿下はミシェイラ様を助けてくださいました。ですからご安心ください」

「知らない。そんなの知らないよ」

「殿下の事が信じられませんか？」

「わかんない。アルフォートが何を考えているかなんて、全然わかんない。何か訊《き》いても、いつもはぐらかしてばかりだし」

「殿下はとても良い方ですよ」

「うん……知ってる」

「良い方だとは思われるのですか？」

「屋敷の人達を見ていればわかるよ。皆、アルフォートが好きで尊敬している。それって、アルフォートが皆にとって良い主人だからだよ。嫌な人なら、こんなに好かれるはずがない」

「その通りかと思いますわ。部下思いの優しい方です」

「うん。そうだね。厳しいところもあるけど、優しいよ」

「それもご存知でしたか」

「ん。海に、連れていってくれた。忙しいのに、時間をとって連れていってくれた。……嬉しかった」

「それはようございました」

「手作りの日傘もくれた。如雨露《じょうろ》もそう。学校にも行けるようにしてくれた。困った事があると、あたしが困ったって言う前にちゃんと解決してくれてる。何でそんなに良くしてくれるかわかんないけど、そんなの優しさだとか思いやりだとかがないとできない」

「それほど良くしてくださる殿下が、ミシェイラ様を見捨てると思われますか？　必ず助けようとしてくださるはずですわ」

「……わからない。だって、アルフォートは屋敷にいる皆の事も守らないといけないから。あたし一人助けるために無理をして、屋敷の人達が困った事になったら大変だもの」

屋敷の面々を思い出したらまた涙が出てきて、あたしはユリアーネに縋《すが》って泣いた。

「どうなさいました?」

「ルーシーが……」

しゃっくりのせいで上手く話せない。

「ルーシー様がいかがなさいましたか?」

「ルーシー、怪我、してないかなっ、ひどい目に遭わ、せちゃった、から、怒ってるかなっ」

「ルーシー様ならご無事ですよ。怪我もなさっていません。もちろんミシェイラ様を怒るなど、そのような事もありえませんわ」

「本当?」

「もちろんです」

「……よかった」

「大丈夫です。アルフォート殿下ならばミシェイラ様を守った上で、屋敷の者達だってお助けになりますわ。あの方はとても優秀なのですから、そのくらい簡単におできになります」

「うん、うん……そうだね」

「ですから、何も心配は要《い》らないのですよ」

本当に大丈夫なんだと思ったら、また泣きたくなった。

怖かったと、もう嫌だと、泣きながら何度も繰り返す。

夢の中とはいえ、それだけ泣いたらさすがに気分がスッキリした。

妄想の中のユリアーネは、文句も言わずに最後まで付き合ってくれたのだった。


夢の中で散々泣いたおかげか、あたしは気持ちよく寝入っていた。

普段使っているのと同じような柔らかな寝具に包まれ、今がどういう状況なのか半分忘れていたのかもしれない。

目が覚めた事をうっすら自覚しても、もう少しだけ惰眠《だみん》をむさぼりたいと思った。

寝返りを打つと、指先に何かが触れる。

何これ？

指先でその正体を探るが、よくわからない。温かくて大きなものだという事はわかるものの、その全体像は把握できなかった。

変だなと思って目を開けたあたしは、視界に飛び込んできた金の色彩に瞠目《どうもく》する。

金の色彩の正体は、無駄に煌《きら》びやかな金髪——アルフォートの髪だった。

あたしは思わずガバリと身を起こす。

するとアルフォートも閉じていた目を開け、こちらを見た。

「まだ起きるには早い時間ですよ」

そう言いつつ、腕を伸ばして上がけをかけようとしてくる。

……もう何が何だか。

不意に、夢の中で聞いた怒声が思い出された。

もしや、あれは夢じゃなかった？　どこからが夢で、どこからが現実なのかな？

少なくともユリアーネがここにいないという事は、あたしが恥ずかしい泣き言を吐いたのは夢だったんだろう。その事にちょっと安心した。

あたしはアルフォートと少しだけ距離をとって、再びベッドに横たわる。

彼は何も言わずに上がけをかけてくれて、ヨシヨシと頭を撫でてきた。完全に子供扱いされている事に怒ればいいのか、それとも嘆けばいいのか。

ベッドは広くて、くっついていなくても十分寝られる。だからって、なぜアルフォートが一緒に寝ているんだろう？

というか、ここはどこだろう？　あたしは犯罪者として連行されたんじゃないの？　どうしてこんな立派な部屋にいるんだ？

わけがわからなくて混乱していたら、アルフォートが静かに話し出した。

「随分、恐ろしい思いをさせてしまいましたね」

「……何があったのですか？」

何であんな目に遭わなきゃならなかったのか。あたしが気絶してから何があったのか。

その両方の意味を込めて訊《たず》ねた。

「屋敷にやってきた男を覚えていますか？」

アルフォートの問いかけに、あたしは無言で頷く。

覚えているかって？　そりゃあ覚えているに決まっている。あんなに手荒に扱われて、忘れるはずがない。

「彼は皇太子より、貴女を自分のもとへ連れてくるようにと命じられました」

それは知っていたので、あたしは再び頷く。

「皇太子は姫にワルブトの旱魃《かんばつ》に関する証言をしていただきたくて、その指示を出したのです」

「証言……？」

「そうです。関連部署はだいぶ前から旱魃の事実を把握していたにもかかわらず、部署長がその事実を隠蔽《いんぺい》して被害を拡大させた。しかも発覚後は部下に隠蔽の罪を押しつけていたのです。ですが姫の日記によって、事実が明らかになった。件《くだん》の部署長は皇太子ですら容易に手出しできない人物であるため、証言を欲して姫を呼び寄せようとしたところ、あの男はそれを『連行』と解釈しました」

そこまで言われれば、政治や駆け引きには疎《うと》いあたしにだって理解できようというものだ。

「勘違い、でしたか……」

思わず苦々しい口調になってしまう。アルフォートは頷いた。

「はい」

つまりだ。あの着替えろという指示も、囚人服になれという意味ではなく、寝巻ではみっともないから皇族らしい服を着なさいという意味だったんだ。

それを勝手に曲解したあたしはパニックを起こして嘔吐《おうと》し、更には間抜けな事に頭を打って気絶したってわけ?

うわ、恥ずかしい!

そういえばマクシミリアンの護衛達から、妙に睨《にら》まれていた。彼等がマクシミリアンの意向を誤解していたせいであたしは犯罪者のように扱われ、こんなとんでもない事態に発展したんじゃないのかな。

……いや、待て。いくら何でも、その論法は飛躍しすぎていないか?

あたしは一応皇子妃だ。しかも他国の王女でもある。サフラスタンではマクシミリアンより地位が低いけど、決して粗末な立ち位置ではないはずだ。

そんな人を連れてこいと命じられたからって、宮殿の兵士が即連行しようとするだなんて、さすがに不自然じゃないの?

そこまで考えると、あたしは口を開いた。

「なぜ兵士達はそのような勘違いをしたのですか?」

アルフォートはそれにあっさり答えた。

「私と皇太子が不仲だからです」

二人の仲が悪いから、マクシミリアンの部下が勘違いした。それってつまり、マクシミリアンがアルフォートの事を憎んでいて、隙《すき》あらば陥《おとしい》れようとしているという事だろうか。それならば、あたしが手荒な扱いを受けたのにも納得できる。

でも不仲だなんて、そんなハッキリ言っちゃっていいの⁉

「仲がよろしくないのですか……？」

言ってしまっていいのかという意味を込めて訊《たず》ねたら、アルフォートはしっかりと頷いた。

やっぱりあたしの解釈は間違っていないのだろう。

しかし、一つ納得できない事がある。

「お二人の仲が悪いからって、なぜわたくしが連行されるのですか？　わたくしが言うのも何ですが、最悪姫を陥《おとしい》れても意味はありませんでしょう？」

「貴女は最悪姫などではありません」

アルフォートはキッパリと断言した。日頃のあたしを見た上でそう言ってくれているのだから、嬉しいじゃないか。

だけど、それはそれ。世間の評価はまた別だ。

「アルフォート様のようにわたくしを直接見知っている方は、そう言ってくださるかもしれません。けれど、世間一般からは未だ最悪姫と認識されているはずです」

「それは違います」

アルフォートはまたもやキッパリと言い切った。

「確かに婚礼当初の評判は姫のおっしゃる通りでした。しかし、姫が何か行動を起こされるたびに評価は上がっています」

「そうなのですか？」

意外な言葉だったので、あたしは思わず聞き返してしまった。

評価が上がっているだなんて初耳だ。正直信じがたい。

「領地の海での熱心なご様子、孤児院の子等への態度、サタレンで多くの人々の命を救った事、ベルナデットと共に新たな菓子を開発して広めた事。多くの民がそれを知っています。弱き者達のために奔走《ほんそう》する姫の姿を目にして、誰が最悪姫と後ろ指を指し続けられるでしょうか。民は姫が優しい方だと知っているのです。いいえ、民だけではありません。むしろこの国の上層部のほうがそれを熟知していると言ってよいでしょう。そして姫の評価が上がると同時に、私の評価も上がりました。それで皇太子派の人間は焦りを覚え、姫を陥れる事で私の評価を下げようと考えているのでしょう」

最後の言葉を聞いて、あたしは唖然としてしまう。

「そんな理由でわたくしを連行したのですか？」

何てくだらないんだ。

……ああ、本当の事なんだ。

その気持ちを隠しもせず言うと、アルフォートは苦笑した。

彼のかつてないほど暗い笑みを見て、あたしはそう悟らずにはいられなかった。

本当に、何てくだらない。

今回はあのリーダーの男の勘違いが原因のようだけど、その根っこにあるのはアルフォートとマクシミリアンの不仲。つまり、マクシミリアンが部下にそんな勘違いを起こさせる態度を普段から取っているんじゃないのか？

アルフォートはマクシミリアンとの不仲をあたしに悟らせるような振る舞いなんてしなかった。きっとそれはあたしに対してのみならず、周りにいる人達全員に対してだと思う。

だから、周りの人達がマクシミリアンに不満を持つなんて事態にはなっていないのだ。

「……ところで、ここはどちらなのですか？　見覚えがない部屋ですし、屋敷ではありませんでしょう？」

本当は何で一緒のベッドに入っているのかって事を一番訊《き》きたいんだけど……そんなん訊けるか！

「ここは宮殿にある私の宮です」

「アルフォート様の宮？　宮をお持ちだったのですか？」

「そうです。小さなものですが……お倒れになった姫を早く休ませたかったので、ここへ運びました。普段は使われていない客人用の宮と違い、いつでも使用できるように整えてありますから。寝室はこの部屋だけなので、同じベッドで休ませてもらいました」

「驚きましたわ。目が覚めたらアルフォート様が隣にいらっしゃるんですもの。ですが、今のお話を聞いて納得いたしました」

寝室が一つだからって理由で一応は納得したけど、本当にそれだけなのかな？

アルフォートは他の宮を用意させて、そちらで休む事もできたはず。それをしなかったっていうのは、別の目的があったからなんじゃないの？

例えば、あたしを不安にさせないためとか……

自意識過剰かもしれないけど、何となくそうなんじゃないかって気がした。

もし目が覚めて誰も傍《そば》にいなかったら、あたしはまたパニックになっていたかもしれない。ここはどこだ！　って、すごく不安になっただろう。

でもアルフォートが隣にいてくれたおかげで、驚きのあまり不安になる暇なんてこれっぽっちもなかった。いや、それだけじゃない。アルフォートがいてくれて、あたしは確かに安心したのだ。

アルフォートは静かに言った。

「いずれ私に何かあった場合は、速《すみ》やかにリオールへお帰りください」

いきなり話題が変わって、あたしは目をパチクリとさせた。

何だか穏やかならざる話だ。

「いずれとは、いつですか？」

「わかりません」

「では、何かというのは？」

「それもわかりません」

そんなあやふやな情報をどう解釈すればよいのかと、しばし考え込んでからまた問いかけた。

「いつ起こるのかも、何が起こるのかもおわかりにならないのに、何かが起こるという事は確信しておられるのですか？　それはなぜですか？」

「私は賢帝となるか、もしくは破滅すると予言されているのです」

あたしは目を大きく見開く。そんな予言があるなんて初めて知った。

道理でマクシミリアンがアルフォートを目の敵《かたき》にするわけだ。アルフォートが将来自分を殺して皇帝になるかもしれないと、そう思っているのだろう。

「アルフォート様は帝位につきたいのですか？」

「いいえ。その気は全くありません。皇帝になるくらいならば、破滅する方を私は選びます」

あたしはフムフムと頷く。

「それもよろしいのではありませんか？」

「破滅する事がですか？」

「ええ。破滅といっても、せいぜい地位を追われる程度でしょう？　もしそうなったら、少々早めの隠居だと思えばよいのです。若いうちから悠々自適な暮らしができるだなんて、素敵ではありませんか」

働かずに楽隠居。何て魅惑的な響きだ。

何もせず趣味に生きていいというのなら、そんな素晴らしい暮らしはそうそうできないはずだよ。

だってそうでしょう？

この世界の常識を考えれば、王族や皇族がちょっとした失態くらいで追放なんてされない。王族や皇族は生ける兵器と呼ばれるほどの力を持っているからだ。

いざって時に国に協力させるため、幽閉まではされないだろう。せいぜい権力を没収されて隠居を命じられるのが関の山だ。

煌《きら》びやかな世界にどっぷり浸《つ》かりきっている貴族にとっては、これ以上ないほどひどい罰だろうけど、対象となるのはアルフォートだ。暮らしぶりを見る限り派手好きじゃないみたいだし、社交界を好んでいる節もない。むしろ煩《わずら》わしさから解放されて万々歳なんじゃないのか？

あたしの言葉にアルフォートは微笑んだ。

「重圧から解放されてのんびり暮らすのも、悪くありませんね」

そうそう、その通りだよ！

あたしはうんうんと頷く。

そんなあたしをアルフォートはじっと見つめていた。

何だろうと思って見返せば、彼は躊躇《ためら》いつつ口を開く。

「もし……」

「もし、何でしょうか？」

「いえ……何でもありません」

言いかけてやめるなんて、アルフォートらしくない。早く言いなよという意味を込めて見つめてみたけれど、アルフォートはそれ以上は口にしなかった。

さて、と言いながら彼は身を起こす。そしてこちらを見下ろして、頭を撫でてきた。

「私はそろそろ起きますが、貴女はもう少し横になって身体を休めていてください」

それだけ言うと、身を屈《かが》めて顔を近づけてくる。

アルフォートの顔がどアップになり、あたしは思わず首をすくめて目を瞑《つぶ》った。

こめかみ辺りにぼんやりとした感触があり、驚いて瞼《まぶた》を開けたら至近距離で目が合った。

「早くよくなってください」

アルフォートはニッコリ笑うと、そのままベッドから出ていってしまう。

彼にキスされた（？）こめかみに指で触れて、あたしは驚いた。

そこには何か布らしきものが貼りついていたのだ。

だからぼんやりした感触だったのねと納得したけど、何で布が貼ってあるんだろう。

……って、滑って頭を打った時に怪我をしたからか。

このくらいなら魔術で簡単に――

「魔法はいけませんよ。この程度の怪我で治癒《ちゆ》術を乱用なさらないように」

あたしの行動なんてお見通しとばかりに、アルフォートに釘を刺される。

「……わかりましたわ」

あたしが渋々手をどけると、アルフォートは寝室を出ていく。

それと入れ代わるようにルーシーが入ってきた。彼女も宮殿に来ていたのか。夢でユリアーネが言っていた通り怪我はなさそうなので、あたしはホッとする。

「おはようございます、妃殿下。お加減はいかがですか？」

「とてもいいわ」

「それはようございました。お食事はいかがいたしますか？　召し上がれそうでしょうか？」

何かいきなり食事の心配をされている。ああ、頭を打って気絶する直前に吐いたからかな？

勘違いで連れてこられたと知って気が楽になったし、もう戻す事はないはずだ。

「大丈夫。いただきますわ」

「わかりました。すぐご用意いたしますので、そのまましばしお待ちください」

そのまま待てっていう事は、病人のようにベッドの上で食べろって事？

「いえ、ベッドから出て席について食べますわ」

「いけません。頭を打っているのですよ。医師より許可が出るまでベッドから出てはなりません」

主《あるじ》のアルフォートが過保護だからか、屋敷の人達って妙に過保護なんだよね。ちょっと気分が乗らず食事の量を減らしただけでものすごく心配してくれるし。

思い返せば、彼等には情けないところばかり見られている気がする。そりゃああたしが信用できず過保護にもなるか。ちょっと反省せねば。

ルーシーが部屋に戻ってくると同時にアルフォートも戻ってきた。普段着姿になっていたので、どうやら着替えのために部屋を出たようだ。

アルフォートはテーブルにつき、あたしはベッドに入ったまま、二人で朝食を取る。

……ん？　アルフォートと一緒に朝食を取るのは初めてじゃないだろうか。何だか夫婦って感じでちょっと照れくさい。

朝食の後、アルフォートはいつも通り仕事を始めた。

いつもと違うのは、その場所がベッドのすぐ傍《そば》という事だけ。

おかげであたしは何だかむずがゆい思いをした。

しばらく仕事に集中していたアルフォートが、ポツリとまるで独り言のように呟《つぶや》く。

「……考えている事があります」

多分、これはあたしに向けた言葉なんだろう。

「どのような？」

「拠点を帝都から領地へ移そうと思います。もし姫が賛同してくださるのなら、ですが」

賛同も何も、考えるまでもなく答えは決まっている。

「素敵ですわね。わたくしは常々海の傍で暮らしたいと思っていました。ですが、どうして急にそのような事をおっしゃるの？　此度《こたび》の誤認逮捕が原因ですか？」

そう言いつつ、それしか考えられなかった。

「それが原因でないとは申しません。私は帝都に留まる事の危険性を軽視していたように思います。今回は大事にならずに済んだものの、次も無事に済むという保障はありません。領地に引っ込んだとて危険がなくなるわけではありませんが、貴女をはじめとした屋敷の面々を逃がす猶予《ゆうよ》は得られます」

やっぱりそうなんだ。

「では、なぜ今まで帝都に居を構えていらしたのですか？」

マクシミリアンとの不仲はつい最近始まった事でもないだろうに、何で避難しなかったんだろうか。

「帝都にいる方が、仕事をする上で都合がよかったのです」

そうかな？　領地には移動陣があるから、あまり不都合はなさそうだけど。

危険を認識していたのなら……いや、危険だからこそあえてか？

マクシミリアンに『自分は危険なんて感じていません、そして危険な存在にはなりえません』という意思表示をしていたって事かな。つまり帝都に住み続ける事は、アルフォートにとって彼に誠意を見せる事だったと。

それをやめるってのは、すなわちアルフォートがマクシミリアンに誠意を見せるのをやめたって事になるんじゃないのか。

あたしには、それがとても危うい選択に感じられた。

九　鬼が出るか蛇《じゃ》が出るか

アルフォートが時折紙をめくる音がする。音といえばそれしかない静かな環境の中、あたしは横になったままぼんやりと過ごしていた。

昨夜の怖い出来事が嘘のように穏やかだ。

そこでふと、ある事が気になった。

「あの、着替えを手伝ってくれた女性はどうなりました？　わたくしに怪我をさせたと責められてはいませんか？」

仕事中のアルフォートに声をかけるのは気が引けたけれど、あたしは思い切って訊《たず》ねた。

「大丈夫ですよ。彼女の事は何ら問題になっていません」

彼女の事はって、じゃあ別の事が問題になってるのかな？

詳しく知りたいとは思わないけど、知らないままにしておくのも何だか怖い。

「他に処分を受けた方がいらっしゃるのですか？」

「……皇太子の命令を曲解した騎士達は、職を辞して領地へ帰る事になりました」

しばしの間を空けて、アルフォートは答えた。

職を辞してというのは、つまるところ懲戒免職を意味しているんじゃないかな。禁固刑に処されたりするかもしれないと想像していたから、思ったより穏やかな処分に、あたしは胸を撫で下ろした。

この時のあたしはそんな風に呑気に考えていたのだけど、それは事実上の隠居命令であったらしい。領地から出る事を禁じられ、公的な場への出席が一切できなくなったそうだ。

親兄弟から不始末を責められ、中には幽閉じみた扱いをされた人もいるという。それを随分後になってから知ったあたしはかなりのショックを受けた。

安心したら、何だか眠くなってきた。

ふわぁと、ごく自然にあくびが出てくる。

精神安定剤だか鎮静剤だか知らないけど、食事の後に薬を呑まされた。その中に睡眠薬的な成分も入っていたのかもしれない。

でも、いつもなら睡眠薬を飲むと頭痛がしてくるのに、その兆候は全くない。もしかしたら薬は関係なくて、単にリラックスしきっているせいで眠くなっただけなのだろうか。

抗《あらが》いがたい眠気に身を委《ゆだ》ねて、あたしは目を閉じた。

普段は悪夢を見るのが怖くて、眠くても深く寝入らないようにしているんだけど、なぜかこの時はそうする気が全くなかった。今は悪夢を見ないとなぜか確信していたのだ。

疲れもあったのだろうか、翌朝まで一度も起きる事なく眠り続けた。おかげで目が覚めた時は、何だかすごくスッキリしていた。

目が覚めたのも、すぐ傍《そば》で誰かが身動きする気配を感じたからだった。

ぼや～と目を開けると、ベッドの中から起き出していくアルフォートの後ろ姿があった。カーテンの隙間《すきま》から差し込む光で室内は薄明るく、朝なんだなと理解する。

彼は前日に引き続き、昨夜も添い寝してくれたのだろう。

異性と一緒に寝ていながら失礼かもしれないが、少しも警戒心は湧かなかった。アルフォートが無防備な相手をどうこうするとは思えなかったし、もし何かするつもりなら相手の了承を取ってからだろうと、何となく思っている。

そんな紳士的な精神がなくとも、病み上がり（？）で寝入っている相手と無理やり事に及ぼうとする姿は想像できない。

アルフォートが出ていくのを見送ってから、あたしはシパシパする目をこすりつつ起き上がった。痺《しび》れるような微《かす》かな痛みがこめかみに走ったけれど、昨日よりはだいぶマシになっている。患部に触れてみても腫《は》れている様子はないので、これなら完治は近いだろう。

ゆったりした綿のネグリジェから普段着へ着替えようと、辺りを見回す。けれど、肝心の着替えのありかがわからない。

仕方がないのでサイドテーブルにあるベルを鳴らしてルーシーを呼んだ。

着替え終わったあたしは鏡で身だしなみを確認しようとして、思わず愕然《がくぜん》とする。

こめかみの部分が、大きな青あざになっていたのだ。

寝ている間に布というかガーゼがはがれかけていたので、着替えの際にそれを取ってもらった。おかげで患部を初めて見る事になり、その無残なビジュアルに、口がぱかーっと開いてしまうほど驚いた。

見るからにぶつけましたと言わんばかりの色といい、その大きさといい、皆が大げさにする理由がようやく理解できた。

「これは目立ちますわね」

苦笑しながらあたしは言った。

「おいたわしい限りです」

おいたわしいと言うよりも、あまりに見事すぎてコントのようだ。

こんな姿で人前には絶対に出たくない。

「お化粧で隠せるかしら」

「恐れながら、傷口が完全に塞《ふさ》がるまで、その部分にお化粧をするのは避けた方がよろしいかと」

ごもっともな意見だ。

「しばらくはガーゼを貼って隠しておくのが無難かもしれませんね」

そのあたしの言葉に、ルーシーは無言で頷いた。

着替えを終えて朝食を食べた後は、医師の診察を受ける。といっても、患部の触診と簡単な問診だけで終わった。

「後遺症などはなさそうですね。お気持ちの方も安定されているようですし、普段通りお過ごしくださっても問題ありません」

医師はニッコリと微笑んで太鼓判を押してくれた。

そして青あざ用の塗り薬と、万が一のための精神安定剤が一包だけ処方され、あたしは屋敷へと戻った。

屋敷を離れた時の状況が状況だったせいか、いつにも増して大勢の人達が出迎えてくれた。普段とは違い、庭師や料理人といった人達まで勢揃いしている。

部屋に入った後も、侍女さん達がいつになくチヤホヤしてくれた。

労《いた》わってもらうのは嬉しいけど、居心地がよすぎるのは困る。むしろこんなところにいられるかってくらい嫌な人ばかりの方が気楽でいられるのに。

ああもう、何だってこんな時にリーザとヨランダが近くにいないんだか。

……って、あれ？　本当に二人の姿が見えない。どこにいるんだ？

あたしが首を傾げていたら、廊下の方からバタバタという足音が聞こえてきた。

何事かと驚いて扉の方に目を向けると、バタンと大きな音を立てて乱暴に押し開けられる。

そこにいたのは、何やら必死な形相をしたリーザとヨランダだった。

「ミシェイラ様！　居住地を移すとはどういう事ですの!?」

「殿下のお戯《たわむ》れなのですよね!?」

唖然とするあたしの視線の先で、彼女達はそう喚《わめ》く。

先日アルフォートは拠点を移すと言っていたが、早くも行動に移したようだ。そしてそれを知ったリーザ達が、泡を食って駆け込んできたと。

あたしが答える前に、ブランシュという若い侍女に先を越されてしまった。

「それは両殿下がお決めになる事で、貴女達が口出ししてよい事ではありません」

ブランシュだけでなく、居合わせた侍女達が口々に注意する。

「ご自身の仕事は終わっているのですか？」

「持ち場を離れるなんて侍女として失格ですよ」

そう言いながら、侍女達は二人を取り囲んで部屋の外へと押しやる。

「わたくし達はミシェイラ様に話が――」

「そうですわ。邪魔をしないで――」

背の低いリーザ達の姿は他の侍女達に埋もれて全く見えないが、彼女達の抗議する声がどんどん離れていく。

「とりあえず持ち場に戻りなさい」

「侍女としての心得をマスターするまでは、勝手な行動はさせないと言いましたでしょう？」

どうやらリーザ達が部屋にいなかったのは、あえて遠ざけられていたからのようだ。

二人が見事な手際で追い出されるのを、あたしはただ見送るばかりだった。


リーザとヨランダの言葉が気になったからってわけじゃないけど、あたしはアルフォートの様子を見に行く事にした。

執務室にいるのかと思って訪ねてみたけどいない。

どこにいるのかなと、屋敷の中を探して歩く。庭園かしら。それとも食堂？　さすがに鍛錬場はないだろうし……

などと考えながら歩いていたら、さほど苦労する事なく見つけられた。

玄関ホールに差しかかったところでアルフォートの声が聞こえてきたからだ。

見に行ってみると、彼はそこで屋敷の主だったメンバーに何やら指示を出していた。

リーザ達が引越しの話をどこから仕入れたのかと思っていたけど、こんな人目のつくところで大っぴらに話していたら、そりゃあ彼女達だって気付くわ。

「アルフォート様、少々よろしい？」

そう呼びかけながら中央階段を下りていくと、アルフォートが振り返った。

「どうしましたか？」

アルフォートは階段の下までやってきて、手を差し伸べてくれる。

「侍女達から拠点移動について訊《き》かれましたの。もう動いていらっしゃるのですね」

「ええ、その通りです。領地に移る人員の選定や、荷物の移送などにかかる各種費用の見積もり、スケジュール作成などを彼等に指示していたところです」

アルフォートの周りに集まっていた家令のクレマンやジュール、ヴァレリーといった面々が、その言葉に頷く。

「差し出がましいようですけれど、こういった事は内々に決めてから周りに伝達すべきではありませんか？　その、わたくしの侍女が知ってよい事柄ではないと思うのです」

「機密でも何でもありませんし、既に皆に告知するだけの段階ですから」

その返答に、あたしは言葉を失う。

てっきり今日から行動を始めたのだとばかり思っていたのに、実際はもっと前から動いていたなんて！

皇子であるアルフォートが領地に拠点を移すっていうのは、帝都から距離を置いて宮殿とも必要以上に関わらないと宣言するに等しいのではないだろうか。

しかも、この速さだと皇帝の許可を得るとか、そういう根回しだってしていないように思う。

いつも慎重なアルフォートらしくない。こんな過激な事をして大丈夫なのだろうか？


それから数日が経ち、引越しの準備は着々と進んでいた。

屋敷から領地に移動する人員の選定、荷物の移送方法などなど、様々な事が速《すみ》やかに決定しては手配が進められていく。

あまりにも性急な行動に、あたしの不安は募るばかりだった。

なぜならアルフォートが移動を表明して以来、皇帝や皇太子から取りやめるように言われているようなのだ。特に後者からは何度も使いが来ている。

だけどアルフォートは、それを全て突っぱねていた。

今も庭園にパラソルを立てて本を読んでいるあたしの耳に、カラカラという車輪の音が聞こえている。

自室にいると人が訪ねてきてもわからないから、こうして庭園内でも正門にほど近い場所を陣取るようにしていたのだ。

馬車の音が屋敷の正門辺りで止まった。やっぱり誰かが訪ねてきたようだ。

しばらくすると、ざわざわとした気配が屋敷の中へと移動していき、アルフォートがいる執務室へと向かっていく。

また皇太子の使者だろうか。

あたしは手にしていた本を閉じて立ち上がった。わざと正面玄関側に回り込んでから建物の中へ入り、馬車に取り付けられた紋章を確認した。

案の定、皇太子の紋章だった。

それを確認したあたしはゆっくりと部屋に戻る。その間にアルフォートとの話が終わったらしく、使者が執務室から出てきた。

すれ違う事がないように脇道へ逸《そ》れつつ、使者の様子を窺《うかが》う。皇太子の命を受けて意気揚々《ようよう》と訪ねてきただろう使者は、見るからに意気消沈していた。

彼の様子を見れば、何があったのか推測するのは難しくない。アルフォートは今回も皇太子の命令を拒否したんだ。

彼がこんな頑《かたく》なな態度を取るのは初めてなので、あたしはすっかり戸惑ってしまっている。

アルフォートがどこに居を構えようと、彼の自由だとは思う。

でも、本当にそれでいいのかな?

だって、アルフォートは最悪姫を娶《めと》らなければならないほど立場の弱い皇子なのだ。それが皇帝や皇太子に対して強硬に反抗してしまってよいものか。

あたしごときが心配するなんておこがましいだろうけど、それでも心配でならなかった。

その心配を裏付けるかのように、アルフォートが移動を表明してからというもの、各種招待状がほとんど届かなくなった。今回の件でアルフォートと皇太子の不仲《なか》が半ば公然の事実となったため、貴族達は君子危うきに近寄らずとばかりに、アルフォートから距離を置こうとしているのだろう。

招待状の選別を行っているクレマンやジュールは、その事に絶対に気付いているはず。だけど誰も言及しない。彼等の平然とした態度は、あたしの目にはとても不自然なものに映った。

今のところ目に見える影響といえばそれくらいだけど、本当の影響はそんなものじゃないはずだ。ただ屋敷にいるだけのあたしとは違い、アルフォートは仕事上の頼み事を拒否されたり、指示が通らなくなったり、様々な情報収集がしにくくなったりと、色々な不都合が出てきているんじゃないだろうか。

あたしはいざとなればリオールに逃げればいいけれど、アルフォートにはどこにも逃げ場がない。それなのに皇太子とこんな風にぶつかって、自分を更に苦しい立場へと追い込む必要はないんじゃないかな。

領地への引越しの事もそうだけど、あたしに気を遣ってくれるのは嬉しい。だけど、ここは自分を押し殺してでも皇太子との関係改善をはかった方が、彼のためではないだろうか？

そう考えたあたしは、思い切ってアルフォートに話してみる事にした。

「拠点を移すのは、まだ先でもよろしいのではありませんか？　屋敷の皆も戸惑っているようですし」

アルフォートの執務室を訪ねたあたしは、ソファに向かい合って座るなりそう切り出した。『使者もあれだけ来ているんだから、思い止《とど》まった方がいいんじゃないの？』と暗に訊《き》いてみたのだ。

「ちょうど良い機会ですから」

アルフォートは全く考えるそぶりもなく答えた。しかもニッコリ笑顔つき。

「あちらへ移ったら、また海に行きましょう。街中もまだご案内できていませんし、姫にお見せしたいものがたくさんあるのです。今まではなかなか時間が取れませんでしたが、本拠地を向こうに移せば色々と見て回る時間もできるでしょう」

「楽しみですわ」

反射的にそう答えてしまい、心の中で自分に待ったをかける。楽しみだなんて言って、拠点移動に賛成してしまってどうする。

しかし、人の好物をこんな風に自然に差し出してくるなんて、本当に侮《あなど》れない奴だ。あたしの言いたい事はわかっているだろうに、それには全く触れない。

こりゃ遠回しに言ってちゃ埒《らち》が明かないと、そのものズバリで訊《たず》ねた。

「陛下や皇太子殿下に逆らっては、後で色々と困った事になるのではないでしょうか？」

「逆らってなどいませんよ」

アルフォートはいけしゃあしゃあとそんな言葉を吐くが、あたしは知っているんだぞ。

「使者を何人も追い返していらっしゃるではありませんか」

反論できるならしてみろとばかりに見やれば、アルフォートは生真面目な顔で答える。

「陛下から真意を問われはしましたが、反対はされませんでした。私がどこに居を構えようと、それに反対できるのは陛下だけです。皇太子が何を言っても、私を従わせる権利はありません」

権利もないのに命令される謂《いわ》れはないし、だから逆らったという事にはならないと言いたいらしい。

そりゃ権利があれば、とっくに移動を撤回させているだろう。そうじゃないからあんなに何度も使者をよこしているんだ。でも、その使者を毎度毎度追い返していれば、間違いなく逆らっていると判断される。アルフォートの言い分は完全な屁理屈じゃないか。

アルフォートがそれを自覚していないはずがない。つまり、今は誰に何を言われても中止するつもりは欠片《かけら》もないって事だ。

あたしからこれ以上進言しても、逆効果になるだけのような気がする。ここは他の人から止めてもらった方がよさそうだ。

あたしはアルフォートを直接説得するのは諦《あきら》め、彼を止めてくれそうな人を当たる事にした。

真っ先にお願いに行った先はジュールのところだ。

あたし程度の忠告じゃ全く気持ちが動かなくても、側近のジュールから言われたら、少しは心を動かしてくれるかもしれない。

けれどジュールから返ってきた答えは、あたしの予想を裏切るものだった。

「領地の開発に本腰を入れねばと考えていたところですから、よいタイミングです」

政策絡みなんだから口出しすんなという、心の声が聞こえた気がする。

そう言われてしまっては、あたしに反論なんてできようはずもなく、スゴスゴと退却する羽目になった。

ジュールがダメなら、次はアルフォートの友人でもある近衛隊長のヴァレリーだ。あたしはさっそくヴァレリーのところに突撃した。

話し合いの余地もなかったジュールとは違い、彼は気遣わしげに答えてくれた。

「遅かれ早かれ、こうなるのはわかっていました。ですから、妃殿下がお気になさる必要はありません」

気にするなと言われたって、直接の引き金があたしなんだから当然気にする。

ヴァレリーの言うように、遅かれ早かれこうなっていたのかもしれない。アルフォートがあんなに頑《かたく》なになるほど色々と嫌がらせを受けてきたのなら、ここで我慢させるのは逆によくないのかもしれない。でも……

反論しようとしたけれど言うべき言葉が見つからず、あたしは口ごもった。

「妃殿下を軽んじられた事が、よほど腹に据えかねたのでしょう。我々とて同じです。殿下の決定に反対する者はおりません」

いや、反対しようよ……

大事な主人の将来が懸かってるんだからさ。

「殿下は大切なものに手出しされて黙っているような方ではありません。優しげに見えるので侮《あなど》る者もおりますが、あれで随分苛烈《かれつ》な面も持ち合わせておられます」

大切にしているものって……何て気恥ずかしい台詞《せりふ》なんだ！

ヴァレリーめ、サラリとんでもない台詞を吐くんじゃない。聞いているこっちが照れるじゃないか。

もしかしてアルフォートがナチュラルに口説《くど》き文句を口にするのも、彼の影響なんじゃないの？

そんな事はさておき、ヴァレリーは説得に応じてくれそうにもないので、あたしは引き下がるしかなかった。

ジュールとヴァレリーがダメなら、残るはクレマンかルーシーだ。

二人にもアルフォートを諫《いさ》めるようお願いしたけど、結局無駄に終わった。

「妃殿下がご心配なさるような事にはなりません」

「これまで殿下はよく耐えられましたわ」

二人は諦《あきら》めムードというか、仕方ないねと思っているらしい。

周りがこんな風に思うって事は、今まで本当に色々あったんだろうな。

引越しの直接の原因はあたしだとしても、問題はもっと根深いのかもしれない。

経緯を何も知らないあたしに口出しする資格はないのだろう。

でも……本当にいいのかなぁ？

十　嘘つきは泥棒の始まり

荷造りや運搬業者との契約などなど、屋敷は俄《にわ》かに慌ただしくなった。

そんな慌ただしさの中、人払いして部屋にこもっていたあたしのもとへリーザとヨランダが突撃してくる。

他の誰にも見咎《みとが》められずに腹を割って話せる機会を狙っていたんじゃないかな。

というのも、リーザ達は失礼な言動をしてしまわないよう、他の侍女達から行動を監視されているようなのだ。

断りもなく部屋に入ってこられて驚いたが、あたしは手にしていた本をパタンと閉じて二人に向き直る。

あたしが話を聞く態勢になると、二人はのっけから声高に主張した。

「わたくしはケルマになど行きたくありません！」

「なぜ皇子妃であるミシェイラ様が田舎に引っ込まなければならないのですか。納得いきませんわ！」

ケルマというのはアルフォートの領地の名前だ。

二人が帝都を離れたくないと思っているのは知っていたけど、あたしに直訴《じきそ》すれば帝都残留組に入れてもらえるなんて甘い考えを抱いているとは。

屋敷を最低限の人員で維持するため、帝都残留組には優秀な者ばかりが選抜されている。あたしには選抜する権限がないし、たとえあっても優秀とは言いがたいリーザ達をそこに入れるはずがない。

「ケルマへの移住はもう決定した事です」

「なら、ミシェイラ様お一人で行かれればよろしいでしょう？」

「そうですわ」

リーザもヨランダも、自分の主張を通そうと無茶苦茶言ってくる。でも、アルフォートに直談判《じかだんぱん》する勇気はないらしい。多少は上下関係というものを学んだのか、ルーシーにも言えないようだ。

だからって、あたしに言ってもどうにもならないというのに……

「それで？」

「わたくしは移住などしませんわ」

「わたくしもです」

フムフムと頷きながらも、あたしはバッサリと切り捨てた。

「却下」

リーザ達は愕然《がくぜん》として目を見開く。

「「なぜですの!?」」

二人の声が綺麗にハモった。

「貴女達が領地に移動する事はアルフォート様のみならず、ルーシーやクレマン等、屋敷内の主だった者達の総意。それを私の一存で覆《くつがえ》す気はありません」

すると、ヨランダは嘲笑まじりに言った。

「する気がないのではなく、できないの間違いでは？」

「安い挑発ね」

あたしが鼻で笑うと、今度はリーザが言った。

「事実ではありませんか」

できるものならやってみろと、そう言ってるのね。

そんな見え見えの挑発に乗るほど、あたしは単細胞じゃない。

「貴女達を帝都に残すメリットは何？　貴女達がこちらへ残らなければならない事情とは？」

挑発を無視して問いかけたら、リーザ達はポカンとした。

「答えられないのですか？」

重ねて問うと、ようやく反論してくる。

「とにかく、わたくしはこちらに残ると言っているのです！　メリットや事情など関係ありませんわ！」

「田舎になど行きたくないと言っているのですわ！」

反論になっていない上に、話が全くかみ合わない。

「貴女達の希望は理解しています。それを通そうというのなら、相応の理由が必要です。その理由を提示しなさいと言ってるの」

「「……」」

二人は黙り込んだ。

「理由など何もないのでしょう？」

「ミシェイラ様が勝手にお決めになられた事に、どうしてわたくし達が巻き込まれねばならないのですか？」

理路整然と説明されても納得しないのが彼女達だ。今度はあたしの責任論に話をすり替えてきた。

我が強いのは時と場合によってはプラスに働くけど、この場合はどう考えてもマイナス。相手に与える印象が悪くなるだけだというのに……

「確かに勝手な決定だった事は認めます。ですが、貴女達が主人なら使用人の都合で引越しをやめたりするのですか？」

「それは……」

「しないはずです。貴女達がどうしても移動したくないと言うのなら、今の仕事を辞めてはいかが？」

意地悪な台詞《せりふ》だと自覚はしているけど、あまりごねるならこちらも切り札をちらつかせるしかない。

リーザ達はきつい目で睨《にら》んできたが、辞めるとは言わなかった。

「貴女達を帝都に残す理由もメリットもない以上、その希望を叶える事はできません。それでもどうしてもと言うのでしたら、自分達には帝都に残すに値する資質があると周囲に認めさせなさい。そうすれば今は無理でも、いずれ帝都に戻れる日が来るかもしれませんよ」

「いずれとはいつですか？」

「保証はあるのですか？」

「いつとは言えないし、保証もできません。何もかも貴女達の頑張り次第です。今までの貴女達の行動が今の状況を招いているのですよ。並大抵の事では周りを納得させられないと心得なさい」

とうとう納得はしなかったようだが、これ以上ごねても無駄と悟ったのか、二人は引き下がった。

正直、もっとウダウダとしつこく言ってくるかと思っていたので、少し拍子抜けだ。

領地への移動を数日後に控えたある日の事。

ヨランダが突然、宝石がないと騒ぎ出した。

彼女の持ち物ではない。あたしが持つ宝石類の事だ。

リオールから持ち込んだ品の中でも、特に高価な首飾り。普段は衣装部屋にある鍵つきの宝石箱の中に保管されている。鍵は鏡台の引き出しの中に仕舞われていた。

だから鍵はかかっていても、あたしの部屋に出入りできる人物なら誰にでも簡単に盗める。そんなセキュリティの甘さでも、今まで一度も盗難騒ぎは発生しなかった。盗みを働くような意識の低い人間はこの屋敷にはいないからだ。

ヨランダの発言に、屋敷内は騒然となった。

たまたま仕舞い忘れただけじゃないのかと思い、部屋中をくまなく探したものの、一向に出てこない。

いよいよ盗難ではないかと疑われ始めた頃、リーザがこんな事を言い出した。

「昨日、ミシェイラ様が留守の間に、ブランシュが衣装部屋から出てくるのを見ましたわ」

それにヨランダが反応した。

「本当ですか？」

リーザとヨランダの視線を受けて、ブランシュは首肯《しゅこう》する。

「確かに入りましたが、妃殿下のご衣装を片付けるためですし、何も持ち出してはおりません」

ブランシュはやましさなど欠片《かけら》も感じられない堂々とした態度で答えた。

周りの人達もブランシュが盗ったとは考えていないように見える。

リーザ達とブランシュとでは信用が天と地ほども違う。信用がない人間の発言によってブランシュが疑われるわけがない。

もし疑いの眼差しで見られるとしたら、リーザ達の方である。

そんな疑われやすい立場を自覚しているからこそ、疑いの目を逸《そ》らすために先手を打ったのではないか。そう思われるのがオチだ。

少なくとも主人であるあたしがそう邪推してしまっているのだから、周りの人達とて同じ事を考えているだろう。

「あの時、貴女は何か抱えているように見えましたけど？」

リーザの言葉にブランシュが反論する。

「いい加減な事を言わないでいただきたいわ！」

まるで犯人だろうと言わんばかりの台詞《せりふ》に、ブランシュは憤慨《ふんがい》していた。

「わたくしは見たままを口にしたまでです」

「そのように慌てるとは、疑ってくださいと言っているようなものですわ」

リーザのみならずヨランダまでもが言う。

うーん、息の合った口撃だ。

彼女達がこんな風にタッグを組むなんて、ますます怪しい。

「わたくしは盗んでなどいません！」

そのブランシュの主張をヨランダはせせら笑う。

「そこまでおっしゃるのなら、貴女の荷物を調べてみましょう。それとも調べられては困りますかしら？」

ヨランダは挑発するかのように言った。

ブランシュは構わないと了承する。

家令のクレマンが、成り行きを見守っていた人々の中からルーシーをはじめとする数人の女性を選び出し、ブランシュの部屋へ向かわせた。

ブランシュとリーザとヨランダは残っている。被疑者と告発人である三人におかしな行動をとらせないためだ。特に、リーザ達に小細工をさせないためという意味合いが大きい。

……まあ、本当にブランシュを陥《おとしい》れるつもりなら、とっくに小細工は終わらせているだろうけど。

しかしここでブランシュを陥れて、リーザ達にどんな得があるのか。

二人とブランシュの仲は良くないが、かといって特別反発し合っているわけでもない。リーザ達にしてみれば、ブランシュは他の侍女と変わらないはずだ。

もし陥れるとしたらブランシュではなく、いつも彼女達を厳しく叱っているルーシーを陥れる方がまだわかる。それを考えると、なぜブランシュなのか理解できない。

だから、単なる偶然とも考えられるわけだけど……

もしブランシュが宝石を盗んだとなったら、何が起こるだろうか。ブランシュはほぼ確実にクビになるだろう。

そうなればリーザ達の溜飲も少しは下がるだろうが、それならますますターゲットはルーシーでなければおかしい。

ブランシュはこの屋敷に仕える侍女の中では中堅で、今回領地には移動しない帝都残留組の一人だ。屋敷には最低限の人員しか残さない予定だから、ブランシュが辞めるとなれば、それを補う人材が必要となる。

そこまで考えて、あたしはようやく理解した。

なるほど、道理でルーシーをターゲットにしなかったわけだ。

ルーシーは領地への移動組で、必要に応じて帝都との間を行き来する事になっている。彼女は魔力持ちで移動陣が使えるからそのように決まったのだ。

つまりルーシーを辞めさせたところで、リーザ達が屋敷に残れるわけではない。ゆえにターゲットになり得ないのだ。

おそらく宝石はブランシュの部屋から発見されるだろう。……リーザ達の狙い通りに。


しばらくして、ブランシュの部屋を調べに行っていた面々が戻ってきた。

予想通り、ルーシーの手には問題の宝石がある。

そのルーシーのみならず、調べに行った人達全員が難しい表情をしていた。

それを見て、ブランシュは愕然《がくぜん》とする。

「やっぱり！　ミシェイラ様、ブランシュが犯人ですわ！」

リーザは勝ち誇った顔で言った。

「わたくしは何もしておりません！　何かの間違いですわ！」

必死に言い募《つの》るブランシュにヨランダが追い打ちをかける。

「確たる証拠を前にして、何をおっしゃるの？」

あたしはそこに割って入った。

「リーザもヨランダもやめなさい。まだブランシュが犯人と決まったわけではありません」

「ですがミシェイラ様、証拠の品が出てきたではありませんか」

ヨランダは不満げだ。

それを無視してあたしはルーシーに訊《たず》ねる。

「ルーシー、その首飾りはどこにあったのですか？」

「ブランシュの部屋ですわ」

予想通りの答えだが、あたしの聞きたい事とは違う。

「部屋の中のどこにありましたか？」

「文机《ふづくえ》の上です」

なるほどと、あたしは頷いた。

「文机の上に堂々と置かれていたのですね？」

その問いにルーシーが頷く。

「ルーシー様もこうおっしゃっているのですから、やはりブランシュが――」

「わたくしは口を出すなと言いました」

あたしはリーザの言葉を途中で遮《さえぎ》った。

「そうやって軽々しく断じてはなりません。よろしいですね？」

「……はい」

リーザは渋々といった様子で頷いた。

「今、判明している事実は二点。何者かが首飾りを持ち出した事と、それがブランシュの部屋から見つかった事。たったこれだけです。誰が持ち出したのか、誰がブランシュの部屋に置いたのか、それはまだわかっていません。ブランシュを疑うべき理由は、彼女が何かを持ち出すのを見たというリーザの証言のみですわね」

「それだけでも十分な根拠ではありませんか！」

ヨランダがあたしの言葉に食ってかかった。

それは違うと、あたしは首を横に振る。

「わたくしの部屋に入れる者ならば、誰にでも持ち出しが可能です。それと同じように、使用人用宿舎に出入りできる者なら誰でもブランシュの部屋に首飾りを置けます。ブランシュが持ち出したのか、それとも誰かが彼女を陥《おとしい》れようとしているのか、現時点では判断できません。現在ブランシュが最も疑わしいという事は認めましょう。ですが、別人の犯行である可能性もある以上、彼女を犯人扱いする事は許しません」

あたしはキッパリと言い切った。

ブランシュがホッとした様子を見せる。彼女にしてみれば、本当に災難だよね。

「ルーシー、ブランシュの部屋には鍵がついていますか？」

「内鍵はありますが、日中は鍵がかけられていません。貴重品類は鍵のかかる棚に保管するようになっていますし、それで十分なのです」

ルーシーはそう答えた。

「鍵がかかっていないのなら、本当に誰でも出入りできますわね。さて、この首飾りはいつからブランシュの部屋にあったのでしょう。リーザの目撃証言が本当なら、昨日の昼間からある事になりますが、どなたか気付いた人はいますか？」

あたしの問いにルーシーが答えた。

「ブランシュは妃殿下のご衣装を片付けた後、殿下のお部屋の掃除を行っております。昨日も両殿下が外出先からお戻りになられる直前まで掃除をしていましたし、それ以降は妃殿下のお傍《そば》に控えていましたから、自室に戻る時間などなかったと思われます。首飾りの大きさを考えると服の中に隠すのも不可能かと存じますわ」

首飾りには大きな宝石がついているので、結構かさばる。服の下につけていたら凸凹《でこぼこ》して目立つし、ポケットなんかに入れたらポッコリと膨らんでしまう。とても隠せるものではないだろう。

ルーシーの主張はもっともだとあたしは思う。

次いで下働きの女性が証言した。

「わたくしは昨日の夕刻、各人の洗濯物を部屋に届けました。それにはブランシュのものも含まれていたので彼女の部屋に入りましたが、文机《ふづくえ》の上に首飾りは置かれていませんでした」

二人の証言をまとめると、ブランシュは部屋に戻る時間はなく、隠し持っておける状況でもなく、昨日の夕刻の時点で文机の上に首飾りはなかった。

つまり、ブランシュが盗んだとは思いにくい状況だったという事だ。

「きっと、その時は引き出しに入れていたのですわ！」

リーザが反論する。

その可能性は否定できないが、そう考えるには大きな問題がある。

「引き出しに隠していたものを、今日はわざわざ文机の上に出してから部屋を空けたというのですか？」

一度隠したものを、これ見よがしに出す意味なんてない。

もちろん、ブランシュに罪をかぶせたいという意図でもなければ――ね。

「わたくしは今朝ブランシュの部屋に行き、彼女と共にそこを出ました。その時にも、文机《ふづくえ》の上に首飾りなどなかったと記憶しております」

ブランシュと仲の良いマルゴがそう証言した。

「マルゴの証言が正しいのなら、ブランシュは部屋を出た後に一旦戻ってきて、首飾りを文机の上にわざわざ出していったという事になりますわね」

いくら何でもムリな設定だ。

「わたくしの記憶違いでなければ、ブランシュは朝からずっとわたくしの傍《そば》にいて、部屋へ戻る時間などなかったと思うのですが……どうかしら？」

あたしの問いにルーシーが頷いた。

「妃殿下のおっしゃる通りですわ」

「そんなはずはありませんわ！　マルゴはブランシュを庇うために嘘を言っているのです！」

ヨランダはなおも反論する。

確かにヨランダの言う通り、嘘じゃないとも言いきれない。だけど、それを言ったらお仕舞いだろうに。

「そうかもしれませんね。ですがヨランダ、それならばリーザの目撃証言とて、ブランシュを陥《おとし》れるための嘘かもしれないでしょう？」

あたしの切り返しにヨランダは絶句した。

「ブランシュに首飾りを持ち出せるチャンスがあったのなら、それを目撃したリーザにも同様のチャンスがあったという事です。同じ時間帯に、同じような場所にいたのですから。さあリーザ、答えてくださいね。怪しげな行動をするブランシュを目撃したにもかかわらず、なぜ今まで黙っていたのですか？」

「その……まさか首飾りが盗まれたとは思わず……」

リーザはボソボソと口にした。

そうでしょうねとあたしは頷く。

「つまり、首飾りを手にしているところを見たわけではないのですね。それならブランシュが首飾りを持ち出したという証拠にはなりません。ところでリーザ、貴女はそれをどこから見ていたのですか？」

「どこ……とは？　ミシェイラ様の部屋からですわ」

リーザは戸惑った様子で聞き返してきた。

「ブランシュは衣装を片付けに来ただけでしょう？　わたくしの部屋を通らずとも廊下から直接衣装部屋に出入りできるのに、わざわざ部屋の中に入ってきたというのですか？」

あたしは淡々と訊《たず》ねた。

リーザは答えに詰まって黙り込む。

「ブランシュ、貴女はその時リーザの姿を見ましたか？」

「いいえ。衣装部屋にも廊下にもおりませんでした」

「ではリーザが本当にブランシュの姿を目撃したとすれば、わたしくの部屋からコッソリ覗《のぞ》いていたという事になりますわね。リーザ、貴女はそこで何をしていたのですか？」

「……」

リーザはやっぱり答えない。

あたしはルーシーに問いかけた。

「ルーシー、リーザはその時間帯、何をしているはずだったのですか？」

「マルゴと共に図書室にて書物の整理ですわ」

ルーシーの答えを聞いて、あたしはマルゴに目を向けた。

「マルゴ、貴女はリーザと一緒ではなかったのですか？」

「彼女は化粧直しをするとか、手が汚れたので洗うとか言って、何度も図書室から出ていきました」

「つまり仕事を放棄していたのですね。リーザ、貴女が仕事をせずにわたくしの部屋にいた理由は何ですか？」

「……お部屋の片付けをしようと考えたのです」

「任された仕事を放り出してですか？」

「わたくしはミシェイラ様の侍女であり、小間使いではありません！　ミシェイラ様のお部屋の片付けを優先して何が悪いのですか」

「ブランシュが首飾りを持ち出せたのと同様に、貴女にも持ち出せたという事です。もちろん、持ち出した首飾りをブランシュの部屋に置く事も可能というわけですね」

「ですが、わたくしは今朝からルーシー様の指示のもと、清掃を行っておりましたわ！　そのような小細工などできません！」

文机《ふづくえ》の上にわざわざ置いてくる暇はなかったという事ね。

ルーシーもそれは認めているらしく、ゆっくりと頷く。

「そうですか。リーザにはブランシュが今朝部屋を出るまでそこへ首飾りを持ち込む事はできず、それ以降も持ち込めるような時間はなかった。それは認めましょう」

「ご理解くださったようで安心いたしましたわ」

ザマーミロとばかりに、リーザはブランシュを見やる。

――しかしだ。

あたしはリーザが犯人ではないとは一言も口にしていない。

「それでも、リーザが首飾りを持ち出さなかったという証明にはなりません」

「そんな！　ブランシュの部屋に持ち込む隙《すき》はなかったとおっしゃったではありませんか！」

「ええ、言いました。ですが、貴女に協力者がいれば話は別です。協力者がいないと証明できなければ、完全にシロだとは判断できません。ところでヨランダ、貴女はなぜ今日になって首飾りがない事に気付いたのですか？」

あたしの問いかけに、ヨランダはビクッと震えた。

「わたくしには当面、あの首飾りを身に付けるような予定はありません。それなのに、どうして宝石箱の中を検《あらた》めたのでしょう？　理由を話してくださらない？」

「わたくしは……宝石箱の中身を整理しようと思っただけですわ」

ふむ。今日やる意味はわからないけど、一応理由にはなっている。

「ルーシー、宝石箱の中は散らかっていたのですか？」

「いいえ。妃殿下がお困りにならないよう、いつでもしっかりと整理されておりますわ」

「では、ヨランダの言うようにわざわざ整理する必要はないと？」

「ございません」

ルーシーはキッパリと断言した。

そうだろうね。あたしの身の回りは常に綺麗に整えられている。宝石箱の中身だけグチャグチャだなんて事はまずないだろう。

「ヨランダ、この騒ぎが起こる前、貴女はどこにいましたか？　わたくしはしばらく貴女の姿を見ていなかったように思いますが」

「……」

ヨランダは何も答えない。代わりにマルゴが発言した。

「騒ぎが起きる少し前、ヨランダが使用人用宿舎の方へ向かうのを見ました」

「そう。ヨランダ、彼女はこう言っていますが、貴女はそこで何をしていたのですか？」

この問いに、ヨランダはボソボソと答えた。

「……忘れ物を取りに行っただけですわ」

ふーん、忘れ物ね。よくあるよね、確かに。

でも、使用人用宿舎に行ったと認めた時点でアウトだ。

「つまり、ヨランダにはブランシュの部屋に首飾りを持ち込むチャンスがあったわけですね」

「わたくしはやっていませんわ！　第一、わたくしには首飾りをミシェイラ様の部屋から持ち出す事などできませんでした！」

ヨランダはあたしの指摘に勢いよく反論してきた。

ちょっと考えれば、そんなの言い訳にならないとわかるだろうに。

「リーザが持ち出して、ヨランダがブランシュの部屋に置いた。それなら可能ですわね」

「わたくしがリーザの協力者だとおっしゃるのですか⁉　何を根拠にそのような疑いをおかけになるのですか！」

ヨランダは顔を真っ赤にして、怒りを露《あら》わに詰め寄ってくる。

理不尽な疑いをかけられて怒っているのか、企《たくら》みを見破られて逆ギレしているのか、見た目からは判断がつかない。だが、おそらく後者だろう。

「何の根拠もありません。ですが、同じようにブランシュが持ち出したという根拠もない。そうですわね？」

あたしが周りの人々に問いかけると、全員が一斉に頷いた。

「あやふやな証言ばかりで、証拠となるものは何一つありません。水掛け論にしかならない事をこれ以上議論するのは無駄です。首飾りも無事に戻ったのですから、この件はこれで終わり。その代わり、今後の対策を皆で練りましょう」

このあたしの提案にルーシーが反応した。

「対策とは、どういう事ですか？」

「今回の件で、様々な危うい点が浮き彫りになりました。わたくしの部屋に出入り可能な者は誰でも簡単に罪を犯せてしまう。これでは事件が起きた際に、疑われる者も多くなります。また宿舎の方も、誰でも簡単に出入りできるのは無用心すぎます。各部屋に鍵をつけたり、合鍵を使用できる者を制限したりと、管理を徹底する必要がありますわ」

あたしの言葉に、皆がなるほどと頷いた。

今まで事件が起きなかったのは、各人の防犯意識とモラルがしっかりしていたからだ。だからこそ、急にこんな事件が起きる時点で不自然と言える。

「宿舎に鍵をつければ、今までとは仕事のやり方が変わるでしょう。クレマンが中心となって皆で話し合い、どのように運用するか決めてください。宝石箱の鍵については、ダニエラが退院するまではルーシーに預けます。貴女が責任を持って管理してください」

ルーシーに負担をかける事になるので気は引けるが、彼女が鍵を持っていれば、他の人は盗みにくくなる。もし盗まれてもルーシーか、ルーシーが一時的に鍵を預けた誰かが犯人とわかる。

彼女はそういうあたしの考えをすぐ呑み込んで、わかりましたと言ってくれた。

「ダニエラ殿がお戻りになるまで、わたくしがしっかりとお預かりいたします」

それはとても力強い言葉だった。

とりあえず、これにて一件落着。疑惑を残したままにしてしまったのは問題だと思うけど、これよりベターな解決策はちょっと思いつかなかった。

あたしは騒動の顛末《てんまつ》を報告するため、アルフォートを呼んできてもらった。そして例の首飾りを前に、今回の騒動についてザックリと説明する。

聞き終わったアルフォートは淡々と口にした。

「姫の意思を尊重しましょう。今回の件については全員不問とする」

アルフォートが疑惑を疑惑のままにしてくれた事に、あたしはホッとした。

「だがリーザにヨランダ、これだけは言っておく。次に何か問題を起こした場合、姫がいくら庇われようと君達を即座に解雇する。当然、転職のための紹介状も書かない。それを肝に銘じておきなさい」

最後通牒《さいごつうちょう》を突きつけられ、リーザとヨランダは愕然《がくぜん》とした。

アルフォートは疑惑を疑惑のままにしてくれたけれど、本当は二人の仕業だと考えているんだろう。

彼はそれだけ言うと、皆に解散を命じた。集まっていた人達は各々の仕事場へと戻っていく。

リーザとヨランダは呆然と立ち尽くしていたけれど、ルーシーに指示されてのろのろと動き出した。

それをあたしは引き留める。

「待ってくださる？　わたくしはリーザとヨランダに少々話があります。できれば他の方は席を外してください」

残っていた侍女達はあたしのお願いを聞き入れて、全員部屋から出ていってくれた。

「わたくし達に話とは何ですの？」

「よもやご自分の立場も忘れて、ご高説《こうせつ》を垂れるおつもり？」

苛立《いらだ》ちを隠しもせず、二人は口々に言った。

身代わり姫のくせに身のほど知らずなとでも言いたげだ。

「とりあえず、二人共かけなさい」

あたしはソファへ座るよう身ぶりで示した。二人は特に逆らう事なく、すんなりと腰を下ろす。

普通、侍女は主と同席したりしない。だからこの行動を見ただけで、未だに二人があたしを自分より格下だと思っているのがわかる。

「貴女達はここを解雇された場合の身の振り方を考えていますか？」

あたしの問いに二人はしばし考え込み、それぞれ答えた。

「リオールに戻り、王宮で働く事にいたしますわ」

「サフラスタンで新たな職が見つからなければ、わたくしもそうするつもりです」

予想通りの返答に、あたしは失笑してしまう。

「問題行動が原因でここを解雇されても、リオールの王宮が再度雇用してくれると思うのですか？」

「それは……」

「ねえ？」

何を言うつもりなのかと、二人は不安げに顔を見合わせる。

「サフラスタンでの行動はリオールには伝わらないから、問題はないとでも？　ですがリオールの王宮は、もし貴女達が帰国して再雇用を求めてきたら、サフラスタンにこれまでの経緯を問い合わせるでしょう。万が一問い合わせなかったとしても、貴女達には目を覆《おお》うような立派な前歴がありますから、再雇用は諦《あきら》めた方が賢明です」

あたしの言葉に、リーザとヨランダは目を見張った。

「そんな！　ひどいですわ！」

「ミシェイラ様のためにサフラスタンまで付き従ってきたというのに、何て仕打ちなの!?　そのような事になるのなら、わたくしはサフラスタンになど来ませんでした！　詐欺ですわ！」

「そうですわ！　わたくし共をここに連れてきたのはミシェイラ様です。責任を取っていただきますわ!!」

ギャーギャーと二人は騒ぐ。

あまりにも身勝手な台詞《せりふ》に、あたしは頭が痛くなってきた。

「いずれ私と一緒にリオールへ戻るなら、問題なく王宮の侍女に復帰できるでしょう。それまで解雇されるような事をしなければよいのです」

あたしの追及に二人は黙り込んだ。

どうやら少しくらいは成長しているらしい。

状況を理解してもらえたところで、あたしは本題を切り出した。

「貴女達をどうしてサフラスタンに連れてきたのか。それはもしリオールに残した場合、貴女達が殺される可能性があったからです」

「何を言い出すかと思えば、馬鹿馬鹿しい」

「もっとマシな嘘をおつきになったら？」

彼女達にとっては現実味がなさすぎる話だったようで、鼻で笑われてしまった。

けれどあたしが次に口にした言葉に、二人は目を丸くする。

「私はユリウス王子とマルティナ王女の会話を盗み聞きしてしまった事があります。それは貴女達についての会話でした」

「まあ、殿下方が？　何て誇らしいのでしょう」

「少々謹慎処分は受けましたが、それ以前からミシェイラ様付きの侍女として高く評価していただいておりましたもの。不思議ではありませんわ」

リーザは素直に感激し、ヨランダは鼻高々といった様子だった。

この危機感のなさに呆れるべきか、それともポジティブさに感心すべきか。

「貴女達をミシェイラ王女の侍女に推薦したのはマルティナ王女らしいけれど、それは知っているかしら？」

「そんなに前から私達を評価してくださっていたの？」

「さすがは王女殿下だわ！」

無邪気にキャイキャイとはしゃいでいるが、ちょっとはおかしいと思わないのかなぁ。

「その理由は『最低な侍女をつけてミシェイラ王女を困らせるため』だそうよ」

あたしがそう言うと、二人は愕然《がくぜん》と目を見開いた。

「なっ……!?」

「戯言《ざれごと》を！」

「ユリウス王子がマルティナ王女を問い詰めて、王女はそれを認めたの。ユリウス王子はこうも言っていたわ。ミシェイラ王女の悪い噂に信憑性《しんぴょうせい》を与えるためだったのだ、とね。実際、ミシェイラ王女の悪評の発生元はマルティナ王女で、貴女達をミシェイラ王女付きにしたのもマルティナ王女なの。更には傍仕えの貴女達が非常識な振る舞いをしているのを目にすれば、誰だってミシェイラ王女の悪評を信じたくもなるでしょう。少なくとも、ユリウス王子は貴女達とマルティナ王女が結託してミシェイラ王女を陥《おとしい》れたと考えている。王宮に戻ればユリウス王子から、腹いせという名の報復を受けるかもしれません。ユリウス王子だけではないわ。陛下も何らかの罰を下すかもしれないわね」

あたしは一度口を閉ざして、二人の反応を見た。彼女達は言葉もないといった様子だ。

そんな二人をゆっくりと見据え、あたしは言い聞かせるように告げた。

「貴女達をここへ連れてきたのは私。だから、その責任は取ります。貴女達が問題を起こしたなら、そのケジメもつけましょう。ですが、何もかも許容する事はできません。先ほども言いましたが、故意に他人に危害を加えるような真似をしたら、次は必ず解雇します。今まで様々な人から、それこそ数えられないほどの注意を受けたはずです。それをよく思い出して、身を慎みなさい」

あたしの宣言に二人はしばらく黙っていたが、納得した様子はない。

少なからぬ衝撃は受けたようだけど、それで即反省してくれるなんて考えてなかったから、予想通りと言える。むしろここですぐに反省できるのなら、ここまで事態は悪化していないだろう。

「まるでわたくし達が犯人だとでも言わんばかりですわね。証拠もなく人を疑わないでいただきたいわ」

リーザが憎々しげに言う。言いがかりはやめろと言いたいらしい。

「言わんばかりではなく、実際にそうだと言っているの」

ため息まじりに返せば、ヨランダが食ってかかってきた。

「証拠もなしに決めつけるなとおっしゃったのは、ミシェイラ様でしょう!?」

「立派な状況証拠があるじゃない。あのまま全ての人間の行動を詳《つまび》らかにしていけば、貴女達以外にありえないと証明できたはずです。そうしなかったのは、貴女達には他に身の置きどころがないと知っているからよ」

「同情ですか?」

「貴女ごときがわたくしを同情するなど、身のほど知らずもいいところですわ!」

「同情ももちろんあります。ですが、それが理由ではありません。リオールに戻る事の危険性を知らないままここを解雇されれば、貴女達は当然リオールに帰るでしょう。そして、最悪の場合は殺されてしまうかもしれない。それを知っていて見過ごすのは、人としてあまりにも不誠実だと思ったのです。だから今回は庇いましたが、次はありません」

それを聞いて、二人は悔しそうに口を引き結ぶ。

「私だけでなく、アルフォート様も貴女達の仕業だと考えているわ。いえ、あの場にいた全ての人が同じように考えているはず。それでも誰も追及しようとしなかったのは、私の意思を尊重しての事よ。今の貴女達は首の皮一枚でどうにか繋がっている状態なの。もう少し自分の危うい立場を自覚なさい」

「庇ってくださいなんて一言も言っていないのに、恩着せがましいですわ！」

リーザは苛立《いらだ》ちも露《あら》わに言う。

「そうね。恩着せがましいと私も思うわ。あのまま追及して貴女達を追い出してしまう方が簡単だし、本当はそうすべきなのも承知している。周囲に悪影響しか与えない決定をしたんだから、きっと批判も受けるでしょう。完全な自己満足だけど、それでも貴女達を即座に放り出せるほど冷淡にはなれなかったの。さっきも言ったけれど、貴女達はここを放り出されたらとても困った事態になると知っているから。さあ、私はちゃんと忠告しましたよ。これ以上は貴女達を庇えないし、庇えないわ」

それだけ言って、あたしは口をつぐんだ。

二人も黙り込んだまま答えない。あたしも何も言わないから、重苦しい沈黙がその場を支配する。

それからどのくらい経っただろうか、ヨランダが口を開いた。

「ユリウス殿下がわたくし達の命を狙っておられるというのは、本当なのですか？」

「ヨランダ、貴女は信じるのですか⁉」

リーザが驚いた様子で言った。

あたしはリーザの事は無視してヨランダの問いに答える。

「確認したわけじゃないからわからないわ。その可能性があると判断しただけ」

「……可能性はあるのですね」

「ええ。ユリウス王子は少々過激なところがあるみたいだし、可能性は否定できないでしょうね」

あたしがそう告げると、ヨランダはため息をついた。

「ミシェイラ様のおっしゃる通りなのでしょうね」

「ヨランダ！」

自身を咎《とが》めるリーザにヨランダは目を向ける。

「最近流れている噂を貴女も知っているでしょう？　ミシェイラ様の悪評はわたくし達の行動が原因なのだと、あたかも事実であるかのように流布《るふ》されていますわ」

「ごく一部が信じているだけの、単なるデマですわ！」

「いいえ。少なくともこの屋敷の者達は皆、それを信じているようよ。わたくし達自身の耳にまで届くくらいですもの」

ヨランダは自嘲気味に言った。

知らなかった。いつの間にそんな噂が流れていたんだろう。

リーザの言う通り、ごく一部が流している噂なんだろうけど、それだけ二人の行動がひどかったという事。そんな彼女達をきちんと処分せず、なあなあで済ませてきたあたしが悪いって事なんだ。

「その噂がユリウス殿下のお耳に入ったら、どうなると思います？」

そのヨランダの問いにリーザは絶句した。

「ほらね？　ミシェイラ様のお言葉がたとえ嘘であっても、現実はあまり変わらないのです」

微妙な納得の仕方だが、とりあえず自分達の危険な立場は理解してくれたみたいだ。

「自分達の立場は理解してくれたようなので、改めて言います。今後は自分勝手な行動をしない事。他人を傷つけない事。他人に迷惑をかけない事。よろしいですね？」

あたしの問いかけに、二人は渋々ながら頷いた。

「「……はい」」

どこまで理解してくれたか非常に不安だけど、少しは言動に気を付けてくれるだろう。

用はそれだけだと、あたしは二人を解放した。彼女達は肩を落としてトボトボと部屋を出ていく。

その後ろ姿を見送って、あたしはやれやれとため息をついた。とりあえず、ブランシュには何らかのお詫びをしなくちゃね。

それにしても、リーザ達には呆れ果てた。気に入らない相手への嫌がらせどころか、冤罪《えんざい》まででっち上げるだなんて！　少しは周りを見られるようになったかと思えば、全く見えていなかったようだ。何だかガッカリだな。

十一　人災は忘れた頃にやってくる

引越しが目前に迫ったある日の事。何の前触れもなくリオールから訪問者がやってきた。

自室の扉がガチャッと開かれ、その音に驚いて顔を上げたあたしは、そこにいるはずのないリオールの王妃の姿を認めて呆気にとられる。

「元気そうね」

あたしの顔を見るなり、彼女はにこやかに言った。

リオールにいた頃なら、まあこういう事もあるかなって思うんだけど、ここはサフラスタン帝都にあるアルフォートの屋敷。王妃様がいきなり現れるような場所ではない。

いつ来たの⁉　つーか、どうやってここまで来たんだ⁉

あの騒動以来、屋敷の警備が強化されて、あたしの部屋へはそう簡単に入れなくなっている。それなのに、警備をどうやって潜《くぐ》り抜けてきたのだろう？

「お母様、どうやってここへ……」

唖然としたままそう口にしたら、王妃様はあっけらかんと答えた。

「移動陣を使ったに決まっていますわ。アルフォート殿の領地の城を経由して来たのです。陣からこの部屋までは警備の人間もほとんどいませんでしたし、不用心でしてよ」

いや、少なくとも数人はいたはずだ。その人達はどうしたんですか。

「まさか警備の人達を倒してきたのですか？」

あたしは半《なか》ば確信しつつも問いかけた。

「これで殴りつけて強制的に排除しましたが、目を回して倒れているだけです。安心なさい」

王妃様は手にしていた鉄扇《てっせん》をひらひらと振ってみせた。

「その扇《おうぎ》で殴ったのですか……」

鉄器なんかで殴ったら、当たりどころが悪ければ死ぬ。

戦慄《せんりつ》するあたしを尻目に、王妃様はホホホと上機嫌に笑う。

「ドレス姿でも装備できる武器として、貴女が薦《すす》めてくれたのではないですか。なかなか具合がいいですよ」

「そのような事、申し上げましたかしら？」

「ええ。身近なものでも使い方によっては武器になると、以前言っていましたでしょう？」

そのくらいなら、雑談の中で言っている可能性はある。……全く記憶にないけど。

でも、武器を持った相手に襲われた場合などに、手近な品で対抗するという意味で言ったはずだ。イメージとしては、包丁を持った相手にフライパンで対抗したり、柄の長い箒《ほうき》で威嚇《いかく》したりといったところ。決して日用品を武器に改造するという意味ではない。

そこで高笑いをする王妃様の背後から、見知った顔がひょっこりと現れた。

「よお、久しぶり」

相手はくだけた調子で挨拶《あいさつ》してくる。

「ローラント……貴方も来たのですね」

「まあな。一応、陛下の護衛だ」

ニカッと笑うその顔は、ひどく懐かしいものだった。

実弟の大地《だいち》そっくりの、無造作な笑顔。

「護衛なら、お母様の暴走を止めるべきでしょう⁉」

「無理無理。俺ごときの諫言《かんげん》で止まってくれるような方じゃないさ」

ヒラヒラと手を振りつつ、ローラントは護衛失格な台詞《せりふ》を平然とのたまう。

「でも、ちゃんと倒された男達を介抱したり、人に踏まれないよう脇に寄せたりしてきたんだぞ」

「怪我人を放置しなかった点は評価しますが、お母様の暴走を止められなかった時点でお話になりませんわ」

「厳しいなあ」

ローラントは全く気にした風もなくハハハと笑い飛ばしてしまう。

すると王妃様が会話に割って入ってきた。

「二人共、わたくしが非常識だとでも言いたいようですね」

「「当然です」」

ローラントとあたしの声が綺麗にハモる。

「相変わらず仲良しねぇ。でも、そんなところまで気が合う必要はありませんわ」

「お母様、ここはリオールではないのですから、好きに振る舞われては困りますわ」

「嫁いだ娘に会いに来ただけではないの」

「会いに来るのに、警備を強行突破する必要はありません」

「これは警備体制の抜き打ちテストです。この程度の事に対処できなくてどうするのですか？　相手がわたくしだったから良かったものの、悪意を持った敵が来たらひとたまりもありませんよ」

「陛下はこうおっしゃってるけど、実際はそこまで警備がゆるかったわけじゃないからな。リオール王妃と本気でやり合える奴なんて、そういないんだし」

ローラントがのほほんとした調子で教えてくれる。

護衛達の戸惑いがありありと想像できた。

「それよりも、さっきから気になっていたんだが……その髪は邪魔じゃないか？　目を悪くするぞ」

彼はあたしが片側に流してまとめてある髪を指していう。そして言葉にするだけでなく、顔にかかっている部分を掻き上げてあたしの耳にかけた。

「あら、まあ」

王妃様が珍しく驚きの声を上げた。

ローラントに至っては、盛大に噴き出している。

「これは見事な青たんだな。だから隠していたのか！」

彼自身は怪我なんて慣れっこだから、あたしの青たんに痛ましさを覚えるよりも、あまりのビジュアルに笑ってしまったらしい。

実際、触っても痛みは全くなく、ただ見た目が面白くなっているだけなので、その気持ちは理解できなくもない。

だがしかし！　笑いたくなる気持ちは理解できても、髪型を工夫してまで必死に隠しているあたしにとっては笑い事じゃない!!

「女性の髪を許可なく触るなんて失礼ですわ！」

「目にかかって、見てるだけで鬱陶《うっとう》しいんだよ」

「邪魔に感じるのはわたくしであって、貴方ではありません！　そのように無神経な真似をするから、恋人にも振られるんです！」

「よく知りもせずに適当な事を言うなよ」

あたしの発言に気分を害したらしく、ローラントはムスッとして反論する。どうやら振られたというのは図星のようだ。

「どうせ貴方の事だから、女心がわかっていないだとか、もっと優しい人だと思ったのにとか、そんな事を言われたのではなくて？」

またもや痛いところを突かれたらしく、彼はグッと言葉に詰まった。

やっぱり。

似ているのは見てくれだけじゃなく、性格も弟の大地とさほど変わらないようだ。

大地が振られるパターンはだいたい同じ。そして別れ際に言われる台詞《せりふ》も似たり寄ったり。案の定である。

「デリカシーというものを、もう少し学ばれる事ね。少なくとも、レディの怪我を笑うなんて論外です」

「だーれがレディだ。こんなチンチクリンのくせに」

ローラントはあたしを見下ろしながらポムポムと頭を叩いてくる。

よくも言ったな！　大地もどきの分際で！

ムカッ腹が立ったあたしはローラントの手を振り払い、向こう脛《ずね》を蹴っ飛ばした。

「イテッ！」

ローラントは脛を庇って身を退く。

「わたくしの背は決して低くなどありません。貴方が無駄に高いだけです！」

そう言ってビシッと指を突きつけたところで、あたしはハタと我に返った。

お姫様が人を蹴るだなんて……！

「姫」

一人青ざめていたら、今ここに一番いて欲しくない人の声がした。

アルフォートの声だ。きっと王妃様乱入の知らせを聞いてやってきたのだろう。

これまでおしとやかな王女を演じてきたのに、いや、多少はおしとやかさが崩れていたとしても暴力的な面は欠片《かけら》も見せなかったのに、とうとう化けの皮が剥《は》がれてしまった。

どうしよう。

部屋の入り口をチラリと見やれば、アルフォートは唖然としている。

王妃様だって、娘が豹変した事に驚愕《きょうがく》しているはず……って、驚くどころか笑いを堪《こら》えている!?

「……輿入《こしい》れして少しはおしとやかになったかと思えば、全然変わらないな。そんなんで大丈夫なのか？」

呆れを含んだローラントの言葉に、あたしは更に驚いた。

本物のミシェイラ王女も人を蹴っ飛ばすような性格だったの？

まあ、あたしと本物のミシェイラは精神構造も似たり寄ったりなんだろうから、さもありなんといったところか。

「アルフォート殿、驚かれたでしょう？　実はミシェイラったら、小さい頃から口より先に手が出るタイプでしたの。ローラントとの喧嘩なんて日常茶飯事。こちらでは王女らしく大人しくしていたようですけど、これが娘の本来の姿です。呆れてしまいましたか？」

王妃様がアルフォートにそう話しかける。

全くフォローになっていない。むしろフォローする気があるのかどうか疑わしい。

「姫の気の強さは知っています。少々内向的に見えますが、子供達を叱る時は鉄拳制裁が基本でしたから、大人しい方だとは思っておりません」

「子供……ああ、孤児院の子達の事ですね。ミシェイラはユリウスの世話をしていたおかげで子守は馴《な》れているから、嬉々として世話をしていた事でしょう。……そう、ご存知でしたのね。もっと驚くかと思いましたのに、残念ですわ」

まさかあたしのお姫様らしくない内面を暴露するために、わざわざローラントを護衛として連れてきたのだろうか。何て油断のできない人だ。

「それで、今日はどういったご用件でしょうか？」

アルフォートは王妃様の言葉を華麗に聞き流した。

「ミシェイラの様子を見に来たのです。……おわかりでしょう？」

何やら意味深な台詞《せりふ》だが、アルフォートは微苦笑と共にそれを受け入れてしまう。

「ご用件がそれでしたら、私は席を外した方がよさそうですね」

ごゆっくり、と言って、彼は部屋を出ていってしまった。

互いにわかり合っているようなやり取りだが、あたしはすぐには呑み込めない。だけど冷静に考えれば、理解するのは難しくなかった。

王妃様が様子を見に来たのは、おそらくこの間の件が原因だろう。

だから身内（ローラントも身内なのかは疑問だけど）だけでゆっくり話せるように、彼は席を外してくれたのだと思う。

アルフォートがいなくなり、しばらく雑談を交わした後、王妃様が訊《たず》ねてきた。

「戻ってきますか？」

どこにとは言わなかったけど、この場合は一つしかない。

王妃様はあたしに、リオールに戻りたいかと訊《き》いているのだ。これを訊くためだけに、彼女はサフラスタンへ来たのかもしれない。

「この間の事を気にしていらっしゃるのですか？」

「お父様とユリウスがとても腹を立てています。すぐに帰国させるというのを、せめて貴女の意思を確認してからになさいと宥《なだ》めてきたのです」

王妃様はため息まじりに言い、ローラントも大きく頷く。

そして、王妃様は無言であたしを見つめてきた。どうやらあたしの返答を待っているようだ。

「わたくしはここに残ります」

あたしは全く悩む事なくその言葉を口にした。

「わかりました。お父様にはそのように伝えましょう。ただし、無理だと思ったら早めに言うのですよ」

あたしの返答を予想していたのか、王妃様はあっさりと了承してくれた。

あんまりあっさりしすぎていて拍子抜けしてしまうくらいだ。

「よろしいのですか？」

「今回はただの手違いとの事ですし、貴女自身に危害を加えられたわけでもないようですから、リオールとして強硬手段に出る必要はないと判断しました。お父様やユリウスは帰ると言って欲しかったようですけれど、こればかりはどうにもなりませんわ。わたくしとしてもできれば帰国して欲しいのですが、アルフォート皇子の傍《そば》にいる事を貴女が望むのなら、その意思を尊重したいと思います。伴侶《はんりょ》と上手くやっているのは喜ばしい事ですけれど、とても複雑ですわね」

多分王妃様の想像とは違うけど、上手くやってはいるんじゃないだろうか。

それにしても、王妃様としては不本意でも、あたしの意思を優先してくれるんだ。

嬉しいような悲しいような。

王妃様の思いやりや優しさを受け取るべきなのは、本来あたしじゃなくて本物のミシェイラだ。

そう思うと心苦しい。真実を知ったら傷つくだろう相手を騙《だま》すのは、気が滅入《めい》るものだ。

……こんなんじゃ、とてもリオールには帰れないな。

サフラスタンの人なら騙していいってわけじゃないけど、リオールの人達に比べればまだ気楽だ。

ここの人達は本物のミシェイラに対して、親しみや嫌悪感といった感情を抱いていない。もし何らかの感情があるとすれば、それはあたしに対してのものだ。

そう思うと、騙す事への罪悪感は、王妃様達を相手にする時ほど大きくはない。

でも別の見方をすれば、やはり苦しくなる。

もし本物のミシェイラが生きていて、あたしと立場を交換したらどうなるだろうか？　サフラスタンの人達は、入れ替わった事に気付いてくれるだろうか？

それを考えると、心の奥が冷えていくような気がする。

ここの人達には、あたしをあたしとして認識して欲しい。そう思う自分がいた。

その全てを切り捨てて元の世界に帰ろうとしているくせに、何て身勝手なんだろう。

でも、それは偽りのないあたしの本心だった。

「心配なさらないでください。こんな事は二度とありませんわ」

「そうだとよいのですけれど……」

王妃様は浮かない様子でため息をついた。

「それにしても、しっかり身をもって思い知らせてやろうと思っていたのに、謹慎とはね。これじゃ鬱憤《うっぷん》晴らしもできやしないわ」

いきなり話題が変わって、あたしは首を傾げてしまった。

「と、言いますと？」

王妃様があたしの疑問に答えてくれる。

「皇太子の事ですよ。もうじきボナンカ国王の戴冠《たいかん》二十周年記念式典があります。通常なら皇帝の名代《みょうだい》として皇太子が出席するところですが、今回の件で謹慎処分となり、式典にも出席しないと言うではありませんか」

そうか、マクシミリアンは謹慎処分になったのか。

初めて聞いたけど、そうなんですねなんて言えないわけで……。ここは適当にそれっぽい事を言っておこう。

「マクシミリアン様は、部下の失態の責任を取られたのでしょう。たとえ処分されなかったとしても、わたくしの件でお母様が意趣返しをなさる必要はありません。そんな事をすれば、リオールとサフラスタンの関係が悪くなってしまいますわ」

「この程度で悪化するような関係ならば、とうにリオールとサフラスタンの国交は断絶しています。わたくし達の怒りを察知した皇帝が、謹慎処分にする事で皇太子を守ったのでしょう。まったく皇帝の奴、今度会ったら覚えていなさいよ」

最後の方はぼやきに近かった。

「お母様は皇帝陛下と親しいのですか？」

「同じ学舎で学んだ仲です。親しくはありませんが、気安い関係ではありますわね」

そういえば、皇帝もリオールの王様の事をよく知っていそうだった。

王様と王妃様の人柄を知っているならば、当面の間はマクシミリアンを守ろうとしても不思議じゃない。

「皇帝陛下はお父様やお母様からの報復を懸念《けねん》されたのかもしれませんけれど、それだけではないでしょう。謹慎はいずれ終わりますし、その時に改めて矢面《やおもて》に立つ事になるのです。時間が経てば経つほど関係修復は難しくなりますし、必ずしも皇太子のためではないのではありませんか？」

あたしがそう言うと、王妃様は不承不承《ふしょうぶしょう》といった感じで言った。

「まあ、そういう事にしておいてあげましょうか」

「皇太子が謹慎処分になろうと、陛下方が何らかの圧力をかけようと、問題は何一つ解決しないいんだよな。皇太子とアルフォート皇子の軋轢《あつれき》も、お前の立場が不安定だって事も」

ローラントが言う。

「また今回のような事が起こる。俺達はそう考えているんだ。お前はその辺をきちんと認識しているのか？」

脅《おど》し文句にも聞こえるが、それだけあたしを真剣に心配してくれているんだ。

「大丈夫です。次に何かあった時は、皇太子殿下に捕まる前にリオールへ逃げますわ」

「どうやって？　この屋敷にいては逃げ場などありませんでしょう？」

「近日中に拠点を領地へ移す予定なのです。あそこならばリオールへの転移陣もありますし、すぐに逃げられますわ」

「領地に移る？　アルフォート殿がそれを決めたのですか!?」

王妃様が珍しく驚いた様子を見せる。

ローラントも意外そうな表情だ。

「その通りですわ」

あたしは間違いないと強く頷いた。

どの辺りに二人は驚いたのだろう。単なる引越しで驚くとは思えない。つまり、今回の引越しにはそれ以上の意味があるって事だ。

「そう……アルフォート殿が」

王妃様は考え込み、それきり口をつぐんでしまった。

「何か問題があるのですか？」

「問題などありません。ただ、アルフォート殿は中央から距離をお取りになるのだなと思っただけです。地位や身分から完全に逃れる事はできないでしょうけれど、なるべく関わり合いにならないつもりなのでしょうね」

「それはどういう意味ですか？」

「つまり、見限ったという事です」

何を、と王妃様は明言しなかったけれど、あたしはそれが何かわかるような気がした。

皇太子と袂《たもと》を分かったと言っているんじゃないだろうか。

もしかしたら、間違った想像かもしれないけど……

しばらく雑談すると、王妃様はローラントを伴って帰っていった。彼等が来た時とは違い、あたしは移動陣の間でアルフォートと一緒に見送る。

一方的に迷惑をかけられたアルフォートが見送る必要なんてないはずなのに、律儀《りちぎ》に見送りをするのだから、本当に苦労性な皇子様だよ。

「本人の意思を尊重して、今回ばかりは連れ帰る事はしません。ですのでアルフォート殿、ミシェイラをくれぐれも頼みましたよ」

王妃様に念を押され、アルフォートは神妙な顔で頷く。

「肝に銘じます」

彼はどことなく緊張している様子だった。

あんまり意識していなかったけど、二人は義理の親子なのである。さすがのアルフォートでも、義母相手となると身構えてしまうのだろう。

そこで王妃様は、何か思いついたように人の悪い笑みを浮かべる。

「もしミシェイラを返せと言ったら、返してくださる？」

「姫が望むのであれば。そうでないならお断りします」

間髪《かんはつ》容《い》れずにアルフォートは返した。

「そう。ミシェイラが望むのなら返してくださるのね。貴方はそれでよろしいの？」

「その時は、私の意思など考慮されないでしょう」

「そういった事が訊《き》きたいのではないのですけれど……まあいいでしょう。最後に一つだけ訊かせてください。もしそうなった場合、貴方がリオールに来る気はあるかしら？」

「私が生きる場所はサフラスタンです。この国を離れるつもりはありません」

アルフォートはキッパリと答えた。

「では、もしミシェイラがリオールに帰るとなれば、貴方達は離れ離れになるのですね。……ミシェイラ、ここに残るのなら、妻としてアルフォート殿をしっかりと支えて差し上げるのですよ」

何であたしがリオールに帰る場合の話から、妻としての心得に話題が飛ぶんだ？

王妃様の話についていけなくて、あたしは戸惑いつつも頷く。

それを満足そうに見やると、王妃様は移動陣の中に入っていった。

「それでは、これで失礼するわ」

王妃様に続いてローラントも陣の中に入る。

「じゃあな。また来るから」

彼は横を通り過ぎる際に、あたしの頭をポンと叩いた。

最初から最後までマイペースな二人だった。

二人の姿が消えたのを確認してから、アルフォートに頭を下げる。

「此度《こたび》はご迷惑をおかけし、申し訳ありません」

すると彼は微笑んで言った。

「近々いらっしゃるとは聞いていましたから、お気になさらず」

全く連絡がなかったわけじゃないんだと知り、あたしは少し安心した。

「では用件の方も？」

「ええ。聞き及んでいました。これほど唐突にいらっしゃるとは予想していませんでしたが」

そうだろうねぇ。しかも、まさか警備を突破して現れるなんて普通は想像しないわな。

「勝手にここへ残ると決めてしまいましたけれど、ご迷惑ではありませんか？」

「迷惑だなんてとんでもない。残ると言ってくださり、胸を撫で下ろしているところです。貴女が来てくださるまでの屋敷は静かすぎた。もし帰ってしまわれたら、きっと寂しくなると思います」

「そう言っていただけると、自分の選択は間違いではなかったのだと思えます。わたくしのような者を受け入れてくださり感謝しますわ」

社交辞令なのだろうけど、いなくなると寂しいと言ってもらえたのは純粋に嬉しかった。

リオールではなくここに残る事にしたのは、アルフォートと離れがたかったからではない。そんな事考えてもいなかった。

考えてはいなかったけど……いつかあたしはアルフォートと離れるのが寂しいという気持ちを抱いてしまうのではないか。

何となくそんな気がした。

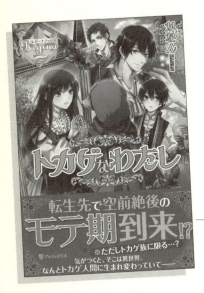

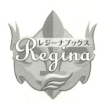

RC
Regina
COMICS
原作 ふじま美耶 MIYA FUJIMA
漫画 村上ゆいち YUICHI MURAKAMI
アルファポリスWebサイトにて
好評連載中！
異世界で『黒の癒し手』って呼ばれています ①
好評発売中！

原作 ふじま美耶
異世界で『黒の癒し手』って呼ばれています ①
異世界をゲームの知識で生き抜きます！

待望のコミカライズ！

とある帝国の皇帝執務室の天井裏には、様々な国から来た密偵達が潜み——わきあいあいと、実に平和的に皇帝陛下を監視していた。そんな中、新たな任務を命じられ、祖国に帰ることになった密偵少女。だが国で彼女を待っていたのは、何と皇帝陛下だった！　しかも彼は、何故か少女を皇妃にすると言い出して——!?

シリーズ累計5万部突破！

アルファポリス 漫画　検索

＊B6判　＊定価：本体680円＋税
＊ISBN978-4-434-20930-7

ゆなり
愛知県在住。2010 年から Web サイトにて小説の発表を
始める。趣味は読書と映画鑑賞。

イラスト：白松

本書は、「小説家になろう」（http://syosetu.com/）に掲載されていたものを、
改稿のうえ書籍化したものです。

入れ代わりのその果てに 7

ゆなり

2015年 11月 8日初版発行

編集－及川あゆみ・羽藤瞳
編集長－塙綾子
発行者－梶本雄介
発行所－株式会社アルファポリス
〒150-6005東京都渋谷区恵比寿4-20-3 恵比寿ｶﾞｰﾃﾞﾝﾌﾟﾚｲｽﾀﾜｰ5F
TEL 03-6277-1601（営業） 03-6277-1602（編集）
URL http://www.alphapolis.co.jp/
発売元－株式会社星雲社
〒112-0012東京都文京区大塚3-21-10
TEL 03-3947-1021
装丁・本文イラスト－白松
装丁デザイン－ansyyqdesign
印刷－中央精版印刷株式会社

価格はカバーに表示されてあります。
落丁乱丁の場合はアルファポリスまでご連絡ください。
送料は小社負担でお取り替えします。

ISBN978-4-434-21213-0 C0093